Le message de l'orchidée

J'AI LU

Barbara Cartland est une romancière anglaise dont la réputation n'est plus à faire.

Plus de trois cents romans variés et passionnants mêlent aventures et amour.

Les Éditions J'ai Lu en ont déjà publié plus d'une centaine que vous retrouverez dans le catalogue gratuit disponible chez tous les libraires.

Les premiers titres – épuisés – sont aujourd'hui réédités à la demande de nombreux lecteurs dans la série **Les introuvables de Barbara Cartland.**

Les introuvables de

Barbara Cartland

Le message de l'orchidée

traduit de l'anglais par Catherine DENNEFELD

Éditions J'ai Lu

AVERTISSEMENT DE L'AUTEUR

En tant que jeune étudiant à l'université d'Oxford, mon grand-père assista à l'inauguration du Canal de Suez. Toutes les descriptions concernant la cérémonie, les hôtes royaux et la magnifique réception offerte par le Khédive à Ismaïlia sont exactes.

La construction du canal, jointe aux extravagances d'Ismael Pacha conduisirent l'Egypte à la banqueroute en 1875.

M. Benjamin Disraeli, Premier ministre de Grande-Bretagne, fut à même d'acheter les parts du Khédive pour quatre millions de livres sterling.

Quel qu'en fût le prix, le rêve pour lequel Ferdinand de Lesseps se battit toute sa vie en surmontant toutes les difficultés, levant tous les obstacles, rassemblant de l'argent pour en faire une réalité, est une des aventures les plus passionnantes que l'Histoire nous ait données.

Une statue de bronze fut élevée en sa mémoire à l'entrée du Canal, et bien qu'elle ait été détruite par des manifestants en 1956, le nom de Lesseps reste gravé dans les pages de l'Histoire.

Après que l'œuvre de sa vie eut été acclamée par le monde entier, Ferdinand de Lesseps épousa en secondes noces une jeune Française, dans une petite chapelle d'Ismaïlia. Elle devait lui donner douze enfants.

Ce roman a paru sous le titre original :

A SIGN OF LOVE

1

1869

Les passagers du vapeur qui venait de traverser la Manche en provenance de Calais se déversèrent sur le quai de Douvres en groupes pressés.

Malgré la bruine, les visages reflétaient presque la joie : la traversée était bien finie et tous allaient regagner la terre ferme.

La jeune fille qui venait de s'engager sur l'étroite passerelle, tout en donnant le bras à une femme âgée, avait dans ses grands yeux gris une expression anxieuse.

Atteindre le quai leur prit un certain temps, et la jeune fille avait conscience des grognements des passagers derrière elles que leur lenteur exaspérait et qui faisaient tout pour hâter leur progression.

Lorsqu'elles mirent enfin le pied sur la pierre humide du quai, la femme âgée sembla perdre l'équilibre, et c'est avec mille difficultés que la jeune fille parvint, en la soutenant, jusqu'à un chariot de porteur qui était resté vide et sur lequel elle put s'asseoir.

La femme émit un gémissement et porta les mains à son visage.

– *Je suis malade, très malade* (1).

– Je sais, *Mademoiselle,* dit la jeune fille, mais si vous pouviez faire un dernier petit effort, nous pourrons avoir notre train, et là vous serez tranquille jusqu'à Londres.

La femme âgée se contenta d'un grognement en guise de réponse.

– Suivez-moi, insista la jeune fille. Ce n'est pas très loin. Appuyez-vous sur moi, *Mademoiselle,* ou mieux encore, je vais passer mon bras sous le vôtre.

Elle essaya de remettre la femme sur ses pieds, mais la Française lui résistait.

– *Non, c'est impossible!* réussit-elle à murmurer.

– Mais nous ne pouvons pas manquer le train, dit encore la jeune fille. S'il vous plaît, *Mademoiselle,* vous devez essayer!

Elle était parvenue à remettre debout la vieille demoiselle, quand celle-ci s'effondra soudain sur le sol où elle demeura recroquevillée en un petit tas.

La jeune fille écarquilla les yeux avec horreur.

Elle se rendait compte à présent que les plaintes de *Mademoiselle* étaient fondées et qu'elle était effectivement malade, bien plus sérieusement que s'il ne s'était simplement agi du mal de mer, comme elle l'avait d'abord supposé.

La traversée avait été très rude; la majorité des passagers avaient été sujets au mal de mer avant même d'avoir quitté le port de Calais, et Mlle Bouvais l'avait prévenue, avant de monter dans le bateau, qu'elle n'avait pas le pied marin.

(1) En français dans le texte. *(N.d.T.)*

Mais Bettina ne s'était jamais imaginé à quel point ce serait éprouvant jusqu'à ce que le bateau se mît à rouler, à tanguer, secoué au point qu'il ait virtuellement pris toutes les positions possibles hormis se renverser coque en l'air, et ce jusqu'à Douvres.

En y repensant, elle avait tout de suite trouvé irraisonnable de se faire accompagner par quelqu'un d'aussi âgé, même en sachant que Mlle Bouvais avait été le seul professeur dont l'école pouvait facilement supporter l'absence.

Bettina se mit à regarder autour d'elle, cherchant désespérément de l'aide.

Mais les passagers et les porteurs qui passaient devant elle en se dépêchant n'accordèrent pas même un regard à la forme écroulée sur le sol.

Elle finit par se mettre sur le chemin d'une femme d'âge mûr qui lui semblait avoir un air de bonté sur le visage.

– S'il vous plaît, pouvez-vous m'aider? suppliat-elle. Ma compagne...

Elle se sentit écartée avec une certaine rudesse dans un grand bruissement de jupes de soie, et la femme, les épaules chaudement enveloppées de fourrure, s'éloigna vers le train en attente.

– Porteur! Porteur! cria Bettina, mais ceux-ci avaient bien trop de travail.

Les bagages s'entassaient en piles impressionnantes sur leurs chariots, tandis que leurs clients leur donnaient des ordres compliqués quant aux places qu'ils avaient choisi d'occuper – Première classe, face à la marche – un coin en Seconde classe – Compartiment dames – Voiture restaurant.

Une idée la frappa tout d'un coup : la demoiselle pouvait très bien être morte! Elle redoubla d'énergie et se mit à crier avec une note de désespoir dans la voix en direction d'un gentilhomme qui s'approchait.

– Vous devez m'aider! Cette femme est morte ou n'en est pas loin, et personne ne lève le petit doigt pour lui porter secours.

Le gentilhomme porta son regard sur Bettina, puis sur *Mademoiselle* qui gisait dans la boue du pavé, avec son bonnet d'où dépassaient des cheveux gris trempés par la pluie.

Sans dire un mot, il se pencha et souleva la Française dans ses bras pour la porter à l'abri.

– Oh, merci, merci! s'écria Bettina. Elle a beaucoup souffert du mal de mer pendant la traversée de la Manche et j'ai bien peur, maintenant, que son cœur ne l'ait pas supporté.

– C'est très possible, répondit le gentilhomme, il faut essayer de lui procurer des soins le plus rapidement possible.

– Vous voulez dire ici, à Douvres?

– Il doit y avoir un hôpital, dit le gentilhomme. Je vais me renseigner.

Tout en parlant, ils avaient atteint la porte de la salle d'attente, que Bettina se hâta de lui ouvrir afin qu'il pût porter son fardeau à l'intérieur.

Le corps de la vieille dame avait l'air si frêle et si pathétique dans les bras du gentilhomme et son visage était exsangue, transparent et cireux comme celui d'un cadavre.

Lorsqu'il l'eut déposée sur la banquette de cuir noir qui courait tout le long du mur, le gentilhomme mit un doigt sur le pouls de la Française et dit calmement :

– Elle est vivante.

– Dieu soit loué! s'exclama Bettina en poussant un soupir de soulagement. J'avais peur... terriblement... peur.

– Je comprends les sentiments que vous devez éprouver, répondit le gentilhomme, parce que cette dame est très âgée.

– Elle a été la seule maîtresse que l'école a bien voulu désigner pour m'accompagner jusqu'à Londres.

Ses lèvres ébauchèrent un léger sourire à cette explication, puis il répondit.

– Attendez-moi ici. Je vais voir si je peux trouver un docteur et me renseigner pour l'hôpital.

Il sortit de la salle d'attente et Bettina en profita pour tirer les jupes de sa compagne afin de cacher ses bottes à petits boutons, puis lui dénoua les rubans de son bonnet sous le menton.

Son corps immobile avait l'air si flasque que Bettina, comme pour se rassurer et vérifier ce qu'on venait de lui dire, vérifia elle-même le pouls de la Française.

Il battait très, très faiblement, si faiblement que, tout d'abord, elle crut se l'être imaginé.

Fort heureusement, la salle d'attente était bien chaude, grâce au feu qui ronflait dans la cheminée, et personne n'était là pour les déranger.

Elle percevait les bruits du quai, au-dehors, et comprit que l'on faisait les derniers préparatifs avant l'heure du départ du train pour Londres.

Se rappelant qu'elle avait engagé un porteur, elle

supposa qu'il devait déjà avoir mis leurs bagages dans le fourgon approprié; à présent, il devait être à leur recherche pour recevoir son pourboire.

Lorsqu'elles étaient descendues du bateau, il avait pris de l'avance, persuadé qu'elles allaient lui emboîter le pas.

« Si papa avait l'intention de venir me chercher à la gare, il se fera du souci », se prit-elle à penser.

Puis elle se morigéna et se dit que c'était le cadet de ses soucis. Elle devait plutôt s'occuper d'abord de *Mademoiselle* et, si possible, faire en sorte de lui sauver la vie.

Soudain, elle eut peur que le gentilhomme à l'air si aimable ne les ait abandonnées à leur sort pour prendre son train lui aussi.

Puis, alors que le sifflet du départ retentissait et que le *Boat Express* s'ébranlait lentement avec force fumée, la porte de la salle d'attente s'ouvrit.

Bettina poussa un soupir de soulagement lorsqu'elle vit entrer le gentilhomme, accompagné d'un petit personnage entre deux âges qui était certainement le docteur.

Ce dernier traversa la pièce d'un air empressé et s'arrêta devant *Mademoiselle*.

Il l'examina en se penchant sur elle et lui prit le pouls; puis, extirpant un stéthoscope de la mallette noire qu'il avait apportée, il se concentra sur les battements du cœur.

Bettina resta silencieuse jusqu'à ce que le docteur ait eu fini, puis il dit :

– Je pense que vous avez raison, monseigneur. C'est tout simplement une crise cardiaque provoquée par un violent mal de mer. La chose s'est déjà vue, je puis vous en assurer.

– Est-il possible de la transporter jusqu'à l'hôpital? demanda le gentilhomme.

– Bien sûr, monseigneur. Cela ne pose aucun problème. Si vous voulez bien m'excuser, je vais faire en sorte que l'on envoie immédiatement une ambulance pour chercher la malade.

– Merci, docteur. Vous avez été très aimable.

Le regard du docteur se posa pour la première fois sur Bettina.

– D'après ce que Sa Seigneurie a bien voulu me dire, cette dame est votre professeur et votre chaperon? demanda-t-il.

– Oui, dit Bettina. Elle s'appelle Mlle Bouvais. Elle n'avait pas du tout envie de faire ce voyage car elle m'a confié qu'elle n'avait jamais eu le pied marin.

Le docteur hocha la tête comme s'il s'attendait à cette déclaration.

– Je noterai tous les détails que vous pourrez me donner quand nous serons à l'hôpital.

Il s'inclina poliment vers le gentilhomme qu'il avait appelé « monseigneur » et sortit de la salle d'attente avec empressement.

– J'ai bien peur que vous ayez raté votre train par notre faute, dit doucement Bettina, mais je vous suis tellement, tellement reconnaissante pour votre aide.

– Je suis heureux d'avoir pu vous être utile, mais lorsque Mlle Bouvais sera en sécurité, à l'hôpital, que comptez-vous faire?

– Je suppose qu'il me faudra prendre le prochain

train pour Londres, répliqua Bettina. Mon père se fera sans doute du souci si je n'arrive pas avec le train du bateau.

– Quel est votre nom? s'enquit le gentilhomme.

– Bettina Charlwood.

– Et moi : Eustace Veston – lord Eustace Veston.

– Un grand merci pour tout ce que vous avez fait pour nous, vous avez été si bon et si efficace. Personne d'autre ne m'aurait écoutée.

– Il y a bien peu de bons Samaritains dans la foule d'une gare, répondit lord Eustace.

– C'est vrai, reprit Bettina. Je me demande si ce n'est pas parce que tout le monde a peur du train. Ces machines sont énormes et si bruyantes qu'elles semblent intimider tout le monde.

– Je vais me renseigner pour savoir l'heure du prochain train, dit lord Eustace. Je suppose que vos bagages sont partis sans vous?

– Je le pense aussi, dit Bettina, qui ajouta : je vais faire en sorte que ceux de *Mademoiselle* lui parviennent aussi vite que possible.

– Je ne crois pas qu'il faille se faire du souci à ce propos, répondit-il. L'hôpital va lui procurer tout ce dont elle aura besoin.

Tout en parlant, il avait jeté un coup d'œil sur la Française, puis se pencha de nouveau pour lui prendre le poignet.

Bettina le vit chercher le pouls et elle retint son souffle car elle avait compris la cause de son inquiétude.

Il semblait qu'il y eût une éternité qu'il était penché ainsi, tenant le fin poignet veiné de bleu qui émergeait du taffetas noir de la manche, puis il le reposa très doucement et se tourna vers Bettina.

– Je suis désolé, dit-il doucement, mais j'ai bien peur qu'il n'y ait plus rien à faire.

– Oh non!

Cette exclamation avait franchi les lèvres de Bettina, qui s'agenouilla avec un faible cri au côté de la Française, scrutant son visage comme si elle s'attendait que les yeux se rouvrent et démentissent ce que lord Eustace venait de dire.

– Elle ne peut pas être morte; c'est impossible! s'écria-t-elle.

– Elle est partie sans douleur, dit lord Eustace, et ne s'en est pas rendu compte. Je pense que beaucoup de gens aimeraient mourir ainsi.

– Oui... bien sûr, approuva Bettina.

Elle se dit qu'elle devrait montrer plus de chagrin qu'elle n'en ressentait réellement, mais la seule pensée qui lui venait à l'esprit était que la morte avait l'air très vieille et que la petite lueur de vie qui avait tremblé en elle n'avait jamais été très forte.

« Il faut que je dise une prière », pensa Bettina, et elle s'agenouilla d'un air embarrassé sur le sol de la salle d'attente tandis qu'un homme qu'elle connaissait à peine la regardait faire.

« Puissiez-vous reposer en paix », murmura-t-elle en son for intérieur, puis elle se remit gauchement sur ses pieds.

– Vous ne pouvez rien faire de plus pour le moment, dit lord Eustace et, quand le docteur sera de retour, je me renseignerai sur l'heure de départ du prochain train pour Londres.

– Mais est-ce que je peux... la laisser? demanda

Bettina, et qu'allons-nous faire pour les funérailles? Elle était catholique.

– Je l'avais compris, répliqua lord Eustace, et je pense que le mieux est de tout laisser à l'initiative du docteur qui semble être un homme raisonnable et qui, d'après ce que j'ai compris, possède une large clientèle à Douvres.

Bettina le regarda d'un air incertain et lord Eustace ajouta :

– Reposez-vous sur moi. Je suis sûr que votre père désire vous voir rentrer aussi vite que possible.

– Dans un sens, il comprendrait que... que je suis responsable de la mort de Mlle Bouvais, dit Bettina.

– Mais c'est elle qui était responsable de vous.

Bettina eut un frisson et il ajouta :

– Venez plus près du feu. Des événements comme ceux-ci sont toujours un choc. Voulez-vous que j'aille vous chercher une tasse de thé?

– Non, je crois que cela ira, murmura Bettina, je vous remercie. Vous vous êtes déjà montré si gentil. Je ne voudrais pas m'imposer, vraiment.

– Je vous l'ai déjà dit, je suis heureux de pouvoir vous rendre service, dit lord Eustace.

Elle s'approcha du feu et tendit ses mains aux flammes dansantes.

– Pensez-vous que les honoraires du médecin et les funérailles seront très coûteux? demanda-t-elle. J'ai bien peur de n'avoir qu'une très modeste somme sur moi, mais je sais que papa enverra un chèque dès que je serai arrivée à Londres.

– Je me charge d'expliquer cela au docteur, dit lord Eustace; je crois que vous devriez vous asseoir.

Tout ceci, je le sens, a été très éprouvant pour vous.

– Cela aurait été bien pire si vous n'aviez pas été là, répondit Bettina.

Elle s'assit malgré tout comme il le lui avait suggéré, car elle avait l'impression que ses jambes n'avaient plus la force de la porter.

Elle n'avait jamais été en présence d'un mort auparavant, et, à présent, elle comprenait combien la mort pouvait être soudaine et effrayante.

Elle voyait encore *Mademoiselle* en train de gémir et de grogner à propos de son mal de mer, se plaignant avec la volubilité des Français et, l'instant d'après, voici qu'elle était silencieuse – d'une immobilité de pierre.

A présent, il y avait quelque chose en elle qui la rendait si petite et si dérisoire que l'on pouvait se demander par quel miracle un enfant avait jamais pu lui obéir ou comment elle avait pu exercer une autorité quelconque dans l'institution.

Morte!

« Ce mot est horrible », pensa Bettina. Il avait quelque chose de si définitif qu'il était malaisé de s'imaginer, comme les catholiques, que l'âme de *Mademoiselle* était partie en paradis, et que, grâce à ses bonnes actions, les portes des cieux s'étaient ouvertes pour elle.

– Je vais vous chercher une tasse de thé – et la voix de lord Eustace interrompit le cours de ses pensées.

Il quitta la salle d'attente et Bettina, assise sur sa chaise près du feu, se mit à regarder *Mademoiselle* allongée sur le banc.

« Il faut que je prie pour elle, car il n'y a personne d'autre pour le faire », pensa-t-elle.

En se remémorant la traversée de la Manche, elle se dit qu'elle aurait pu se montrer plus gentille et plus attentionnée qu'elle ne l'avait été envers la pauvre *Mademoiselle*.

En fait, cette dernière n'était pas de ces femmes qui inspirent immédiatement de la considération, encore moins de l'affection ou de l'amour.

Pas une des élèves qui fréquentaient l'école ne l'avait aimée, et c'est peut-être à cause de sa petite stature qu'elle était toujours apparue comme agressive et dominatrice, donnant des ordres à tout instant, la plupart du temps inutilement, et il fallait toujours qu'elle se plaigne de quelque chose.

« Pauvre *Mademoiselle* », pensa Bettina en son for intérieur, et elle se demanda si, maintenant, elle était plus heureuse que pendant la vie austère qu'elle avait traînée à l'école.

Les autres professeurs avaient toujours eu des élèves prêtes à leur rendre service avec une promptitude servile en échange d'un sourire d'encouragement ou d'un compliment. Mme de Vesarie choisissait soigneusement ses professeurs.

Tous contribuaient à la célébrité de l'école, connue en France pour être la meilleure *pension de jeunes filles*.

En fait, *Madame* disait souvent : « Dans toute l'Europe vous ne trouverez pas d'institution qui soit aussi renommée. »

Il y avait longtemps que Mlle Bouvais était dans cette école, tellement longtemps, en fait, qu'elle en savait plus que *Madame* sur son histoire.

C'est pourquoi, s'expliqua Bettina, elle était restée dans l'école bien qu'elle ait été trop âgée pour enseigner, alors que les autres maîtresses changeaient.

Bettina savait que sa mort n'aurait que peu de signification pour l'école ou pour Mme de Vesarie.

La nouvelle serait annoncée aux filles après la prière, elles se mettraient toutes à genoux et feraient une prière pour le salut de l'âme de *Mademoiselle.* Et tout le monde l'oublierait.

Il lui semblait révoltant qu'une longue vie dût s'achever sur une prière et dans l'oubli, et c'est pourquoi Bettina souhaita être en mesure de pleurer, ou au moins de se sentir malheureuse parce que *Mademoiselle* était morte.

Elle releva soudain le menton et se dit : « Je ne pleurerai pas! Lorsqu'elle était vivante, je n'avais aucune amitié pour elle. Je me demande pourquoi je devrais faire semblant de me désoler, maintenant qu'elle est morte. »

Il y a de cela longtemps, quelqu'un – peut-être son père – avait dit à propos d'un enterrement :

« Maintenant qu'elle est morte, on la couvre des fleurs les plus chères, alors que, de son vivant, vous pouvez être sûre qu'on ne lui a rien offert, pas même une pâquerette fanée. »

C'est cela qui n'allait pas, songeait Bettina. On devrait être plus attentionné envers les vivants et moins préoccupé des témoignages d'affection lorsqu'ils ne sont plus là pour les voir.

Elle se souvint des fleurs qui avaient envahi l'église lors des funérailles de sa mère. Beaucoup de gerbes et de couronnes provenaient de gens que sa mère n'avait pas aimés et auxquels elle avait toujours interdit le seuil de sa maison.

– Je me demande pourquoi ils se sont donné le mal d'envoyer des fleurs? était la question que Bettina s'était souvent posée à l'époque.

Sa mère s'en serait certainement amusée parce qu'elle aurait compris, bien qu'elle ne l'eût jamais dit, que toutes ces fleurs venaient de personnes qui désiraient « se mettre bien » avec son père, car celui-ci fréquentait le prince de Galles et que tous ses amis étaient des personnes très intelligentes et très influentes.

En évoquant l'enterrement de sa mère, Bettina revit son père, le cœur brisé par la mort de sa femme; mais la vie avait eu rapidement raison de son chagrin.

– Il faut que la vie continue, Bettina, lui disait-il alors, tandis que les yeux de sa fille étaient encore rougis par les larmes.

Sa mère lui avait manqué de manière si insupportable qu'elle ne pouvait y penser sans que ses yeux se remplissent encore de larmes.

– Bien sûr, je sais, papa, avait-elle réussi à articuler, sachant qu'il attendait sa réponse.

– A présent, ce que je vais faire, dit son père, c'est aller rendre visite à votre marraine, lady Buxton. Elle s'est toujours intéressée à votre sort, et il me semble qu'elle est la seule personne qui puisse nous aider dans ce cas particulier.

– De quelle manière, papa?

– Je ne sais pas encore très bien, répondit son père, mais je suis sûr que Sheila Buxton saura ce qu'il convient de faire.

Effectivement, elle avait tout de suite su quoi faire, se rappela Bettina, et avant que l'enfant ait clairement compris ce qui lui arrivait, on l'avait envoyée en France dans l'institution de Mme de Vesarie, où elle devait rester pendant trois années consécutives.

Cet été-là, elle avait fêté son dix-huitième anniversaire et elle s'était imaginé qu'on lui permettrait de quitter l'école en avril, afin qu'elle puisse faire ses débuts dans le monde comme toutes les camarades de son âge.

Toutefois, lorsqu'elle parla de cette éventualité dans une lettre à son père, elle apprit en retour que lady Buxton était malade.

N'en bougez pas, lui avait écrit son père. *Il m'est impossible de déranger votre marraine en ce moment et, très franchement, il n'y a guère de chance pour qu'elle vous « sorte » cette année alors qu'elle est souffrante.*

Il lui avait été très difficile de se retrouver la plus âgée des filles de l'école et de recevoir des lettres de ses amies qui lui décrivaient les bals, les pièces de théâtre et tous les divertissements auxquels elles étaient conviées, alors qu'elle-même se morfondait en compagnie de professeurs particuliers, ayant dépassé le niveau des études de l'école.

Puis, soudain, deux semaines auparavant, elle avait appris que sa marraine était morte et qu'elle devait rentrer immédiatement à la maison.

La surprise avait été totale, tant pour Mme de Vesarie que pour son élève.

– J'aurais pensé que votre père, Bettina, vous

aurait au moins laissé le temps de terminer le trimestre, dit *Madame*.

– C'est aussi mon avis, *Madame*, répondit Bettina.

– Peut-être pourriez-vous lui rappeler, ma chère enfant, que nous n'avons pas encore reçu le montant des frais, qui est toujours payable d'avance. Nous pourrons, bien sûr, lui consentir une petite réduction, mais vous serez assez gentille de lui faire remarquer que le trimestre a commencé le premier septembre.

– Bien, *Madame*.

Bettina avait tout de suite deviné la raison de ce retour précipité.

Sa marraine avait toujours réglé ses frais d'études et sa mort avait dû, bien entendu, interrompre les règlements.

D'aussi loin qu'elle pouvait s'en souvenir, son père et sa mère avaient toujours eu des difficultés financières, ce qui n'empêchait pas son père de se joindre au groupe de ses riches amis et de prendre part à toutes leurs distractions, quoi qu'il pût en coûter.

Il chassait, il tirait, il participait aux courses, il faisait toutes les choses qui contribuaient au plaisir du « Clan des Malborough » dont les animateurs étaient sans conteste le prince et la princesse de Galles.

En songeant au peu d'argent qui lui resterait, Bettina sentit son cœur se serrer et, maintenant que lady Buxton était morte, il était fort peu probable qu'elle ait jamais une robe habillée avec laquelle elle puisse se rendre à un bal, quand bien même y serait-elle invitée.

Elle était si profondément plongée dans ses pensées qu'elle sursauta presque lorsque lord Eustace fit irruption dans la salle d'attente, suivi par un maître d'hôtel qui apportait du buffet un plateau où trônait une théière entourée d'une pile impressionnante de sandwiches au jambon.

Le maître d'hôtel posa le tout sur une chaise près de Bettina, remercia lord Eustace pour ce qui avait dû être un très large pourboire et se retira.

– Vous vous sentirez mieux quand vous vous serez restaurée, lui dit lord Eustace.

– Vous êtes vraiment gentil, répondit Bettina.

– Il y a un autre train dans une demi-heure environ, dit-il. Je vous ai fait préparer un léger en-cas et votre place est réservée dans le compartiment des dames.

Bettina lui murmura un remerciement et se mit à verser le thé.

Lord Eustace avait vu juste. En effet, elle se sentit mieux, et elle se mit à mordre dans un des sandwiches au jambon; elle s'aperçut tout d'un coup qu'elle avait très faim.

Personne n'avait voulu manger à bord du bateau, la veille, et elle n'avait pas osé être la seule à le faire.

Les sandwiches au jambon étaient appétissants, et lorsqu'elle eut fini le sien, elle décida d'en attaquer un autre.

Elle avait à peine entamé le deuxième que le docteur faisait son entrée dans la pièce et elle se leva brusquement de sa chaise.

– Restez assise, lui dit lord Eustace, et laissez-moi m'occuper de tout.

Il entraîna le docteur dans un coin de la pièce

et tous deux engagèrent une conversation à voix basse, afin que Bettina ne pût entendre ce qu'ils se disaient.

Elle ne se sentit plus le goût de continuer à manger ainsi, car la présence du corps sans vie de *Mademoiselle* lui était revenue à l'esprit avec une acuité accrue.

Des ambulanciers firent irruption dans la pièce avec un brancard sur lequel ils déposèrent la morte qu'il recouvrirent d'une couverture.

Bettina eut envie, un instant, de lui dire au revoir, mais déjà les ambulanciers, avec une efficacité toute professionnelle, l'avaient emmenée hors de la pièce et la porte se refermait sur eux.

Le docteur était toujours en train de parler avec lord Eustace, et Bettina distingua entre leurs mains les papiers de *Mademoiselle* qu'ils avaient tirés de son sac.

Puis, comme si la conversation venait de se terminer, le docteur rejoignit Bettina.

– L'adresse indiquée ici est celle de l'école de Mme de Vesarie, fit-il. Est-ce bien là-bas que nous devons envoyer l'avis de décès?

– C'est bien cela, répondit Bettina. J'ignore totalement si elle avait une famille ou des parents.

– Je vois, dit le docteur; surtout ne vous faites aucun souci, Mademoiselle Charlwood : tout sera fait selon les principes de sa religion. J'ai fait appeler l'aumônier de l'hôpital en signalant qu'une croyante catholique romaine était au plus mal. Je pense que c'est lui qui lui donnera les derniers sacrements, mais il faudra qu'il s'occupe aussi de l'enterrement dans le cimetière catholique.

– Je vous remercie infiniment, docteur, répondit Bettina. Je vous suis très reconnaissante pour tout le mal que vous vous êtes donné.

– Nous regrettons simplement de n'avoir pu lui sauver la vie, conlut le docteur.

Il serra la main de Bettina. Elle allait mentionner quelque suggestion de paiement, lorsqu'elle se souvint que lord Eustace avait tenu à la décharger de tout.

« Il faudra que papa le rembourse », se dit-elle, tout en se doutant que lord Eustace devait très probablement avoir entendu parler de son père, car ce dernier semblait connaître tous les membres de l'aristocratie qu'on pouvait lui mentionner.

Lorsque le docteur eut pris congé, lord Eustace vint s'installer sur une chaise près du feu.

– Je ferais mieux de vous donner l'adresse de mon père, dit Bettina. Mais peut-être le connaissez-vous? C'est sir Charlwood, l'ami du prince de Galles.

Elle fut surprise de sentir que sir Eustace s'était quelque peu raidi, tout à coup, avant de répondre :

– J'ai entendu parler de votre père, mais nous ne fréquentons pas le même milieu, tous les deux.

– Ah non? fut la seule réponse que Bettina réussit à trouver, dans son étonnement.

– Pour être franc, continua lord Eustace, je suis en total désaccord avec l'attitude du prince ainsi que de la plupart des gens qui gravitent autour de lui.

Il sentit qu'il était peut-être allé trop loin et s'empressa d'ajouter :

– Ne pensez pas que je cherche à dénigrer votre père, que, d'ailleurs, je n'ai pas l'honneur de connaître. Mais la conduite même du prince m'inspire des remarques qui ne pourraient être prises que pour des bavardages mal intentionnés, s'il n'y avait pas tant de misère et de souffrance dans le pays.

– On admire beaucoup Son Altesse Royale en France, répliqua Bettina. En fait, la manière dont on en parle là-bas laisserait à penser qu'on l'adore.

– Je sais que Son Altesse Royale a fait une très bonne impression à Paris, lui concéda lord Eustace. En même temps, voyez comme ses extravagances et celles de ses amis, sans parler des luxueuses réceptions qu'ils offrent sans cesse, contrastent violemment avec la famine et le chômage qui règnent dans les classes déshéritées.

– Est-ce que... Est-ce tellement terrible? lui demanda Bettina.

– Terrible! fit lord Eustace. Et je suis confondu – parfaitement, miss Charlwood – confondu devant l'indifférence et le manque d'intérêt que montrent ceux qui devraient être les premiers à se préoccuper sérieusement de ces problèmes terribles qui gangrènent chaque ville de Grande-Bretagne.

Sa voix avait un indéniable accent de sincérité et il y eut un moment de silence avant que Bettina ne réponde :

– Vous me donnez l'impression de vouloir essayer d'aider les pauvres gens.

– Essayer est le mot juste, répondit lord Eustace, mais ce n'est pas facile, je vous le jure, miss Charlwood, parce que ce n'est pas seulement une bataille que l'on livre contre une apathie naturelle, mais surtout contre l'ignorance de la part de ceux dont le devoir est d'être informés.

– Les déshérités ont de la chance d'avoir un porte-parole tel que vous, fit Bettina en réprimant un léger sourire.

– Un jour, j'aimerais vous montrer ce que j'essaie de faire pour les membres les moins fortunés de la communauté, dit lord Eustace. Mais hélas, ce n'est qu'une goutte dans l'océan, un océan d'accablement, de misère et de désespoir.

En parlant, lord Eustace avait eu de tels accents dramatiques que Bettina se prit à le regarder avec un intérêt nouveau.

Il faut dire que, absorbée par les événements dont *Mademoiselle* avait été la victime, elle n'avait pas eu le temps d'examiner l'homme qui l'avait prise en sympathie.

En le détaillant avec plus d'attention, elle se rendit compte que, malgré sa prestance et son visage aux traits réguliers surmonté par un large front qui attestait de son intelligence, son expression naturelle lui donnait un air sombre, sinon maussade. Il était mis de façon sobre, quoique très à la mode, et elle se dit qu'il avait dû choisir ses vêtements dans une coupe discrète qui mettait en évidence l'habileté du tailleur.

« Il est toujours prêt à venir en aide à ceux qui se trouvent en difficulté, se dit Bettina, et c'est pourquoi il a volé à mon secours. »

Lord Eustace jeta un regard à sa montre.

– Je pense que notre train ne devrait pas tarder, à présent, fit-il. Attendez-moi ici : je vais chercher un porteur qui nous indiquera nos places.

Pendant qu'il traversait la salle d'attente, Bettina eut le temps de remarquer qu'il avait de larges épaules et que sa taille, quoique moyenne, était bien proportionnée.

« En tout cas, c'est une personne qui sort de l'ordinaire, se dit-elle. Complètement différent des autres hommes que j'ai eu l'occasion de rencontrer. »

Elle se souvint de la jovialité et des éclats de rire des amis de son père, et sa mémoire les figeait en train de fumer un cigare ou un verre à la main, dans une pose immuable.

Rétrospectivement, elle leur trouvait quelque chose de frivole, comme si la seule préoccupation qu'ils avaient était leur propre plaisir.

Quelle différence avec ce jeune homme qui se penchait avec tant de sollicitude sur le sort des pauvres gens!

« J'ai eu sûrement beaucoup de chance de le rencontrer juste en ce moment », se dit-elle.

Puis elle ajouta avec un soupir :

« J'aimerais bien qu'il voyage dans la même voiture que moi, ainsi nous pourrions continuer cette conversation ».

Une rafale de vent balaya Park Lane, emportant le haut-de-forme du gentilhomme qui venait de descendre de sa calèche devant Alveston House.

Il le rattrapa de justesse et le maintint avec difficulté sur sa tête en s'engouffrant sous l'impressionnante porte cochère, où un domestique en livrée et perruque blanches lui prit le couvre-chef des mains.

– Quel vent, monseigneur! dit le maître d'hôtel

sur un ton de familiarité respectueuse tout en aidant le visiteur à se débarrasser de sa pelisse.

– Oui, et le temps se met au froid, répondit lord Milthorpe, mais que pouvons-nous espérer d'autre en octobre?

– Rien d'autre, bien sûr, monseigneur, reprit le maître d'hôtel avec déférence.

Il se dirigea sans attendre vers les majestueuses portes en acajou, au fond de l'immense hall au dallage de marbre, et annonça :

– Lord Milthorpe, Votre Grâce!

Assis devant un bon feu qui flambait au fond de la pièce, le duc leva les yeux en souriant.

– Vous êtes en retard, George! remarqua-t-il. Charles et moi nous demandions ce qui vous était arrivé.

– Le prince m'a retenu, répondit lord Milthorpe.

Il s'installa dans un fauteuil confortable et profond, et accepta un verre de sherry qu'un valet de pied venait de lui verser.

– Je pensais bien que tel était le cas, dit le duc. Comment se porte Son Altesse Royale?

– De fort méchante humeur, répondit lord Milthorpe.

– Que lui est-il encore arrivé? demanda sir Charlwood.

Il attendit qu'un laquais remplît à nouveau son verre avant d'ajouter :

– C'est toujours la même chose avec ce cher vieux Bertie. Je suppose que la reine vient encore de lui refuser quelque chose qui lui tenait à cœur.

– Touché! s'exclama lord Milthorpe.

– Je ne me hasarderais pas à offrir le moindre prix pour ce genre de concours, fit le duc d'Alveston laconiquement.

– Vous savez, Varien, c'est vraiment une honte, lança lord Milthorpe. En fait, je trouve plutôt scandaleux que la seule personne habilitée à nous représenter lors de l'inauguration du canal de Suez soit notre ambassadeur à Constantinople.

– Mon Dieu! s'exclama sir Charles. Le prince était sûr qu'il pourrait y aller. Il s'en réjouissait à l'avance, après la manière somptueuse dont le khédive d'Egypte l'avait reçu avec la princesse, l'an dernier.

– Le palais de Buckingham y a mis son veto et rien ne le fera changer, dit lord Milthorpe.

– C'est vraiment un scandale, s'écria sir Charles. J'étais justement en train de lire un article dans le *Times* à propos de l'inauguration du canal. L'impératrice Eugénie sera l'invitée d'honneur; on attend également l'empereur d'Autriche ainsi que le kronprinz de Prusse! Bon sang, je me demande vraiment de quoi l'Angleterre aura l'air en envoyant un simple ambassadeur parmi tant d'illustres personnages.

– En fait, la reine n'a qu'une préoccupation : empêcher le prince de jouer un rôle d'une quelconque importance, dit lord Milthorpe. Elle veut tout simplement le garder à Buckingham pour qu'il lui obéisse au doigt et à l'œil, à tel point que si un article quelque peu élogieux paraît sur lui dans un journal – fait plutôt rare d'ailleurs – elle se met en rage et le déchire.

– Comment peut-on encore lui reprocher de profiter des distractions qu'il peut trouver? fit remarquer sir Charles.

– Exactement, concéda lord Milthorpe.

– C'est vraiment une décision invraisemblable, en ce qui concerne l'inauguration du canal de Suez, proféra lentement le duc.

Il était plus jeune que ses compagnons, mais il se dégageait de lui un air d'autorité certaine qui le faisait paraître plus vieux que son âge.

C'était un homme d'une prestance extraordinaire qui était le point de mire dans tous les salons où il faisait son apparition. Il avait ceci de commun avec le prince de Galles, qu'il suscitait de vives controverses autour de son nom, ce qui le laissait d'ailleurs parfaitement indifférent.

Le duc ne connaissait d'autre loi que la sienne, et son extrême richesse d'une part, faite d'immenses terres, jointe à son titre qui était un des joyaux de la Couronne d'Angleterre, décourageaient à l'avance toutes les remontrances que l'on pouvait lui faire.

Il était un ami très proche de l'héritier du trône mais, en même temps, il ne se considérait pas vraiment comme faisant partie du « Clan des Malborough », car il estimait que le « clan des Alveston » lui était égal sinon supérieur à tous égards.

Le prince lui-même se plaignait que les plus jolies femmes, les plus fins dîners et les réceptions les plus luxueuses fussent l'apanage de la maison des Alveston.

– Allez vous faire pendre, Varien, avait-il proféré plus d'une fois. Non seulement vous avez les moyens de vous offrir de telles extravagances mais, en plus, vous y mettez bien plus de raffinement que quiconque et vos trouvailles sont toujours originales.

– Vous me flattez, sire! avait répondu le duc.

Mais tout en parlant avec déférence, ses lèvres avaient accusé un pli cynique.

D'abord irrité par les interdictions constantes que la reine faisait peser sur son fils, le duc avait fini par s'en lasser, et trouvait le clan du prince trop compassé, manquant de la spontanéité dont lui-même jouissait.

– Savez-vous ce que nous sommes, Varien? lui avait confié le prince, un jour qu'il était d'humeur joviale : Nous sommes les rois de la société et, dans le fond, cela m'est égal de partager mon trône avec vous, parce que je vous aime bien.

Le duc avait murmuré un vague compliment, tandis qu'en lui-même il se jurait bien de ne jamais partager de trône avec qui que ce soit.

Il savait que la plupart de ses contemporains l'enviaient, et il lui suffisait de lever le petit doigt pour les voir aussitôt ramper à ses pieds comme des esclaves.

Il était tellement riche qu'il pouvait satisfaire ses moindres caprices et, dès qu'il savait un ami dans le besoin, sa générosité veillait à ce qu'il ne manquât de rien.

Au dire de certains observateurs, la désinvolture que l'on pouvait discerner dans son attitude lui donnait un air encore plus royal que le prince de Galles lui-même.

Il y avait en lui quelque chose d'impérieux, de mystérieux qui semblait garder à distance même ceux qui l'aimaient.

Bien sûr, il y avait des femmes dans sa vie. Elles

ne faisaient que passer et il lui suffisait de faire son apparition dans une salle de bal pour qu'aussitôt le cœur des femmes se mît à battre plus fort, et que des centaines d'yeux le suivissent où brillait une invitation à peine déguisée.

– Il ressemble à un dieu grec, avait murmuré l'une des beautés de la maison des Malborough à l'oreille de sa voisine.

– Combien en connais-tu comme lui, ma chère? s'enquit sa confidente.

– Un seul me suffit, fut sa réponse, mais hélas sur un plan moins intime que je ne l'aurais souhaité.

– En fait, disait sir Charles, lorsque j'ai vu le grand-duc Michel de Russie, il y a de cela trois mois, il m'a fait part de sa ferme intention de se rendre à l'inauguration du canal, ce qui nous fera une autre « tête couronnée » dans l'assistance.

– Voulez-vous que je vous dise vraiment ce qui se passe? dit lord Milthorpe. En fait, notre pays est en train de se désister parce que, dès le début, il désapprouvait le projet. Palmerston y était opposé, et Stratford de Redcliffe a fait évidemment tout ce qu'il a pu pour empêcher Ferdinand de Lesseps de mener à bien son entreprise.

– On ne peut s'empêcher d'admirer cet homme, dit remarquer sir Charles. Il est passé par tant d'années de vaches maigres avant de réunir assez d'argent pour commencer à mettre à exécution son projet.

– Eh bien, maintenant c'est un *fait accompli,* soupira lord Milthorpe, et la Grande-Bretagne est décidée à ne pas participer au triomphe de son auteur.

– Je ne vois vraiment pas pourquoi tous les Britanniques devraient rester chez eux, fit lentement remarquer le duc avec une nonchalance presque affectée.

Ses deux amis se tournèrent vers lui en même temps, stupéfaits.

– Que voulez-vous insinuer par là, Varien? s'enquit sir Charles.

– Tout simplement ceci : ce que le prince ne peut pas faire, eh bien, nous le ferons! répliqua le duc.

– Vous voulez dire – aller à l'inauguration?

– Bien sûr! Et pourquoi pas?

– Mais oui, pourquoi pas? s'écria lord Milthorpe. Dieu du ciel, Varien, vous avez toujours eu le sens des affaires importantes! Bien sûr que vous devez y aller. Un duc restera toujours un duc, et vous savez aussi bien que moi que vous vous êtes toujours très bien entendu avec l'impératrice.

– Varien a toujours fait partie de ceux qui « s'entendent bien » avec les jolies femmes, lui fit remarquer sir Charles, et Paris est jonché de cœurs brisés à chacun de ses passages dans cette ville.

– Le cœur de l'impératrice est tout ce qu'il y a d'intact, répliqua le duc. Mais, en même temps, je suis sûr qu'elle appréciera que nous venions apporter notre soutien à Lesseps, car ce dernier, en fait, a épousé une de ses cousines. Bien que je trouve François-Joseph plutôt « barbant », le grand-duc Michel a toujours été un joyeux personnage.

– Dans ce cas, allez-y sans hésitation! s'exclama lord Milthorpe, et si jamais vous me laissez en arrière, Varien, je vous jure que je me couperai la gorge!

– Voyons, George, je n'ai aucune intention de

vous abandonner, répliqua le duc, et je propose que nous jetions les bases de notre projet pendant le déjeuner. Il y a toute la place du monde à bord du *Jupiter* pour mes proches amis.

– J'avais oublié que vous veniez de recevoir votre nouveau yacht à vapeur, reprit lord Milthorpe, et je trouve que l'inauguration du Canal de Suez est une excellente occasion de baptiser votre bateau!

– Le prince va crever de jalousie, dit sir Charles. J'ai entendu dire que le khédive d'Egypte donnait des réceptions tout à fait extraordinaires.

– Extraordinaire est bien le mot : une succession de fêtes dignes des « Mille et Une Nuits », dit lord Milthorpe en souriant.

– Bon, dans ce cas, nous sommes d'accord, dit le duc avec une trace d'ennui dans la voix, comme si l'enthousiasme de ses amis l'agaçait quelque peu. Vous serez assez aimable pour me dire quelle est la personne que chacun de vous désire emmener dans ce voyage, et mon secrétaire se chargera de vous transmettre les invitations.

Comme le ton de sa voix suggérait que le sujet était réglé, sir Charles se hasarda :

– Je viens tout juste de me rappeler une chose, Varien. Je ne pense pas pouvoir venir.

– Pourquoi pas, Charles? Vous n'allez pas me dire que vous préférez la chasse au voyage en Egypte? En outre, laissez-moi vous dire que nous pourrons vous arranger une chasse à la gazelle, ce qui est une distraction plutôt amusante si vous n'y avez pas encore participé.

– Rien ne me ferait plus plaisir que d'être à bord du *Jupiter*, vous le savez bien, Varien.

– Mais qu'est-ce qui vous en empêche, alors? s'enquit le duc.

Il y eut un silence puis Charles reprit :

– Ma fille arrive de l'étranger demain et je n'ai pas même eu le temps de m'occuper de lui trouver un chaperon. Il me sera impossible de la laisser seule à Londres.

– Votre fille! s'exclama lord Milthorpe. J'avais presque oublié que vous en aviez une!

– Bettina a été placée dans une école en France, répondit sir Charles. En fait, elle aurait dû faire son entrée dans le monde cette année, mais sa marraine, Sheila Buxton, était malade. Elle est morte à présent.

– En effet, je vois, dit lord Milthorpe. Une femme sacrément bien. J'ai toujours eu un faible pour elle.

– Ainsi, vous vous retrouvez avec une fille sur les bras, Charles, dit lentement le duc.

– Exactement, répondit sir Charles.

– Dans ce cas, elle doit nous accompagner, dit le duc, parce que franchement, Charles, nous ne pourrons pas nous passer de vous pour nous mettre en forme et de bonne humeur.

Les yeux de sir Charles s'écarquillèrent.

– Est-ce que vous avez vraiment l'intention de l'inviter?

– Qu'est-ce que vous croyez! Pourquoi se tracasser davantage? Je vais vous dire ce que je vais faire : je vais lui trouver un jeune cavalier; pourquoi pas mon héritier présomptif?

– Vous voulez dire lord Eustace? s'enquit lord Milthorpe.

– Eustace, parfaitement, répliqua le duc. Cela

fera beaucoup de bien à mon demi-frère de s'occuper d'autre chose que de ses éternels sermons et de ses tentatives d'intrigues dans les couloirs du Parlement avec mes amis de la Chambre des Lords. Ils ne cessent de se plaindre de lui, disant qu'il essaie de les intimider, qu'il leur fait du chantage et leur vide les poches.

Les deux gentilshommes restaient silencieux.

Le duc devinait la raison de leur mutisme : ils n'étaient pas prêts à critiquer son demi-frère devant lui et ils essayaient vainement de trouver quelque chose de plaisant à dire sur son compte.

– Je vous remercie infiniment de bien vouloir accepter Bettina, dit Charles, rompant le long silence. J'espère seulement que l'enfant ne sera pas ennuyeuse, mais je me souviens qu'elle était fort vive.

– Si elle ressemble un tant soit peu à son père, elle sera l'âme de ce groupe, fit remarquer lord Milthorpe.

– Merci, George, dit sir Charles, je fais de mon mieux pour gagner mon souper.

Le duc se mit à rire.

– Et vous le faites très bien, Charles. Vous savez aussi bien que moi que le groupe ne serait pas complet sans vous.

Sir Charles allait répliquer lorsque le maître d'hôtel annonça :

– Lady Daisy Sheridan, Votre Grâce, et l'honorable Mme Dimsdale!

Deux femmes d'une exceptionnelle beauté entrèrent dans la pièce, et tandis que le duc s'avançait pour les recevoir, celui-ci échangea avec lady Daisy un regard qui avait sans aucun doute une signification spéciale connue d'eux seuls.

Elle lui donna ses deux mains gantées, dont il s'empara pour y déposer un baiser léger.

– Nous sommes désolées d'être aussi en retard, dit lady Daisy, mais Kitty a insisté pour acheter une profusion de nouveaux chapeaux que ni l'une ni l'autre ne pouvons nous permettre d'acheter mais nous espérions tellement que vous nous trouveriez irrésistibles.

– Ai-je le choix de penser autrement? lui demanda le duc.

Sa bouche avait pris une expression amusée tandis que sa voix trahissait un léger cynisme.

Il savait parfaitement qui allait régler la note des chapeaux, tout comme il était impensable que Daisy et Kitty viennent déjeuner sans avoir préparé une ruse quelconque pour lui faire ouvrir les cordons de sa bourse.

Il connaissait trop bien la rouerie de Daisy.

Comme elle était mariée à un joueur effréné, elle aurait difficilement pu conserver la réputation qu'elle avait d'être une des femmes les plus élégantes de Londres si ses amants ne payaient pas ses factures.

Le duc s'y soumettait volontiers. Mais il regrettait que Daisy n'y mettât pas davantage de discrétion et ce n'était pas la première fois qu'il s'en faisait la remarque.

Comme si elle avait deviné son consentement, elle lui serra les doigts légèrement. Puis, avec la grâce d'un cygne glissant sur un lac, elle se dirigea vers lord Milthorpe, la main tendue.

– Mon cher George, dit-elle, je savais que je vous trouverais ici, je suis tellement contente de vous voir.

– J'espère que vous n'avez pas entraîné Kitty dans les tourbillons de nouvelles extravagances, dit-il. Je viens tout juste d'acquérir deux merveilleux chiens de chasse que je n'ai même pas encore payés.

– Sottises! lui répliqua lady Daisy. Vous êtes aussi riche que Crésus et vous ignorez à combien se monte votre fortune.

– Voilà ce qu'on ne pourrait me reprocher, dit sir Charles en souriant.

– Ah! ça non, répondit lady Daisy, mais nous savons tous combien vous seriez généreux si vous le pouviez.

– Je pense, dit sir Charles après un moment, que c'est le compliment le plus gentil que l'on m'ait jamais fait.

– Vous le méritez, sir Charles, dit lady Daisy. Mais dites-moi, les trois mousquetaires, qu'étiez-vous en train de comploter avant que nous arrivions?

– La réponse devrait être évidente, mais elle ne l'est pas, répondit sir Charles.

– Vous n'étiez pas en train de parler de nous? questionna lady Daisy. Je n'ai jamais entendu quelque chose d'aussi blessant! Varien, est-ce que vous me mentiriez? Je ne pourrais pas le supporter!

– Au contraire, dit le duc, nous avons pensé à quelque chose qui vous amusera certainement bien plus que les bals de chasse, le tir au faisan ou la suite interminable de réceptions dont votre carnet déborde.

– Qu'est-ce que vous pouvez bien mijoter? s'enquit lady Daisy.

– Tout simplement que nous devrions tous assister à l'inauguration du canal de Suez, répliqua le duc, et il attendit les cris d'enthousiasme qui ne devaient pas manquer de suivre ses paroles.

2

Comme le train arrivait en gare, Bettina se pencha à la fenêtre et aperçut son père.

Il aurait été impossible de le rater, se dit-elle, même dans la foule la plus dense.

Il n'y avait que lui pour être aussi élégant, aussi tapageur, « un vrai dandy » comme disaient ses amis.

Le haut-de-forme posé sur le côté, un œillet à la boutonnière, il s'appuyait sur sa canne de Malaga tout en regardant anxieusement dans la direction du train.

Bettina ouvrit la portière de son compartiment et sauta sur le quai pour se jeter dans les bras de son père.

– Papa! Papa! s'écria-t-elle. Je savais que vous m'auriez attendue.

Elle se jeta à son cou, et tout en l'embrassant, celui-ci lui demanda :

– Mais enfin, qu'est-il arrivé? Je commençais à me faire du souci.

– Je pensais bien que vous vous en feriez, répondit Bettina.

– Lorsque j'ai vu que vos bagages étaient arrivés sans vous, j'ai commencé à m'imaginer toutes sortes de choses, dit sir Charles. (Mais il souriait déjà et ses yeux se mirent à briller lorsqu'il s'exclama, en regardant sa fille :) Ma parole, vous êtes devenue une vraie beauté! Je m'attendais à accueillir la petite fille que j'avais laissée dans mes souvenirs, et voilà que je retrouve votre mère à l'époque de notre première rencontre.

– Merci, papa, dit Bettina en riant, mais je voudrais que vous alliez remercier le gentilhomme qui s'est montré tellement serviable à mon égard, vraiment très serviable. La maîtresse qui avait été désignée pour m'accompagner est morte d'une crise cardiaque à Douvres.

– Ainsi voilà la raison pour laquelle vous êtes tellement en retard! s'exclama sir Charles.

– Vous vous imaginez sans peine à quel point c'était horrible, lui raconta Bettina. Je ne sais vraiment pas ce que j'aurais fait toute seule si lord Eustace Veston n'avait accepté de m'aider.

Tout en parlant, elle regardait autour d'elle pour essayer d'apercevoir le jeune homme lorsqu'elle le vit qui remontait le quai dans leur direction.

– Le voilà, papa, s'écria-t-elle, avant que sir Charles ait pu dire un mot. De grâce, exprimez-lui toute votre reconnaissance.

La gratitude de sir Charles était sincère et le visage sombre de lord Eustace sembla s'éclairer quelque peu en acceptant les remerciements; il entreprit d'expliquer en quelques mots les arrangements qu'il avait pris en ce qui concernait la morte.

– Ce fut une joie pour moi de rendre service à

votre fille, sir Charles, dit-il enfin, et je dois reconnaître que, malgré les circonstances éprouvantes, elle a fait preuve de calme et de dignité.

– Je suis très heureux de l'apprendre, répondit sir Charles (puis il se tourna vers Bettina, mettant ainsi un terme à leur conversation :) Nous devons aller chercher vos bagages, Bettina. J'ai demandé à un porteur de bien vouloir les garder jusqu'à l'arrivée du prochain train.

– C'était astucieux de votre part, papa, de deviner le moment de mon arrivée, lui dit Bettina en souriant. (Elle tendit sa main à lord Eustace.) Encore une fois, merci, du fond du cœur, dit-elle avec douceur. Je ne sais pas ce que j'aurais fait sans votre aide.

– Je suis content que vous ayez retrouvé votre père et qu'à présent vous soyez entre de bonnes mains, conclut lord Eustace.

Il porta sa main à ses lèvres, souleva son chapeau et s'éloigna.

Bettina le regarda partir, les yeux remplis d'un vague regret. Elle aurait bien aimé qu'il s'arrange pour suggérer l'occasion d'une prochaine rencontre.

Puis, toute à la joie de revoir son père, elle oublia ce qui n'était pas le bonheur de se retrouver chez elle.

Elle avait tant de choses à lui raconter, tant de questions à lui poser, qu'ils avaient déjà atteint leur maison d'Eaton Place quand elle se souvint que sa mère ne serait plus là pour l'accueillir, et son cœur se mit à battre très fort.

Dès qu'elle pénétra dans le petit hall d'entrée, elle fut frappée de sentir combien l'atmosphère de la maison avait changé.

Les petits détails par lesquels lady Charlwood donnait tant de charme à son intérieur, faisant de la maison un endroit idéal où s'épanouissait sa joie de vivre, n'existaient plus.

Tout d'abord, il n'y avait pas de fleurs, et Bettina remarqua que les rideaux de dentelle avaient grand besoin d'être lavés; dans le bureau, les housses des fauteuils étaient déteintes et en bien piètre état.

Mais son père lui semblait aussi florissant que dans son souvenir. Ses vêtements étaient élégants et leur coupe suivait bien sûr la dernière mode lancée par le prince de Galles.

Sir Charles s'était marié jeune et n'avait à présent que quarante ans, mais il avait le visage et la silhouette d'un homme bien plus jeune.

– Eh bien, si moi j'ai grandi, papa, dit Bettina impulsivement, vous, en revanche, vous n'avez pas changé, je trouve même que vous avez rajeuni.

– Vous me flattez, dit sir Charles en protestant, mais son visage trahissait un certain plaisir.

– Qu'avez-vous fait pendant tout ce temps, papa? continua-t-elle. Racontez-moi toutes les fantastiques réceptions auxquelles vous avez assisté, et est-ce que le prince de Galles est toujours votre grand ami?

Sir Charles se mit à rire.

– Toutes ces questions en feu roulant! Oui, ma chère enfant, le prince m'honore toujours de son amitié, et je passe une grande partie de mon temps à la maison des Malborough. Mais je crois que j'aime encore davantage la compagnie du duc d'Alveston.

Bettina fronça le sourcil :

– Il semble que je me rappelle vous avoir entendu mentionner son nom. Oui, bien sûr, je me souviens que maman ne l'approuvait pas du tout.

– Votre mère désapprouvait un grand nombre de mes amis, dit sir Charles, mais Alveston est un chic type, quoique sa réputation vaille celle du prince, à peu de choses près. (Il marqua une pause et reprit en observant Bettina :) En fait, le duc est le demi-frère de votre nouveau jeune homme.

– Mon nouveau jeune homme? répéta Bettina sans comprendre.

– Lord Eustace Veston.

– Ah, c'est donc lui! s'exclama Bettina. Dans ce cas pourquoi prétend-il ne vous avoir jamais rencontré?

Sir Charles se versa un verre de sherry d'un flacon qu'il prit sur le plateau à alcools, sans demander à sa fille si elle en désirait un elle-même.

– Le duc et son demi-frère ne s'entendent pas, répondit-il. Mais il a l'intention de lui demander de se joindre au voyage et pour lequel vous m'accompagnerez. Je trouve que l'avoir déjà rencontré dans des circonstances aussi romantiques peut servir utilement d'introduction.

– Quel voyage? lui demanda Bettina.

Sir Charles se mit à parler lentement, sur un ton presque dramatique.

– Vous avez été invitée à participer à la réception qu'offre le duc pour l'inauguration du canal de Suez.

Bettina fixa un instant son père avec des yeux incrédules, puis elle réussit à articuler, la voix enrouée :

– Est-ce que... est-ce que c'est bien vrai... papa?

– Bien sûr que c'est vrai, répondit sir Charles. Lorsque j'ai mentionné au duc votre retour en Angleterre, il m'a demandé de vous prendre avec moi.

– Je puis à peine le croire! s'écria Bettina. Comme vous pouvez vous en douter, on ne parlait de rien d'autre, en France. Tout cela a l'air tellement fabuleux et excitant. L'impératrice sera présente?

– Et beaucoup d'autres gens, dit sir Charles, nous y compris!

Tout en parlant, il s'était assis dans un fauteuil, les jambes croisées, et examinait sa fille des pieds à la tête avec approbation.

– Il vous reste exactement trois jours, dit enfin sir Charles, pour vous trouver des toilettes qui honorent une vraie élégante.

– Papa! s'exclama Bettina avec horreur. C'est impossible! Je n'ai rien... rien à me mettre sur le dos! Je m'attendais que vous me fassiez revenir en avril dernier, pour la saison, et c'est pourquoi j'ai fait durer toutes mes affaires jusqu'à la dernière limite. (Elle s'arrêta pour reprendre son souffle.) Lorsque vous m'avez écrit pour me dire que marraine était malade, cela m'a semblé inutile de m'acheter des vêtements pour ne rester que quelques mois de plus à l'école; et maintenant tout ce qui n'est pas trop petit pour moi est en lambeaux.

– Je m'attendais à quelque chose de ce genre, dit sir Charles, et, connaissant les femmes comme je les connais, j'avais deviné que votre première requête, en passant le seuil de cette maison, serait d'avoir un trousseau.

– Non, pas un trousseau, papa, dit Bettina en protestant, mais simplement quelques robes du soir, et, bien sûr, des tenues de ville.

– Vous serez obligée de vous hâter, lui concéda sir Charles, mais il faudra acheter ce que vous trouverez. Les robes de votre mère sont toutes en haut. Elles sont trop grandes pour vous, mais peut-être la maison où elle les achetait toujours – comment s'appelle-t-elle donc? – peut-elle les retoucher surtout si vous leur en achetez de nouvelles.

Les yeux de Bettina s'éclairèrent puis elle dit d'une voix hésitante :

– Est-ce que... est-ce que nous pouvons... nous le permettre, papa?

– Non, répondit sir Charles. Nous ne pouvons pas nous le permettre et à dire vrai, Bettina, je n'ai plus un sou à mon nom, en ce moment. Plus rien que des dettes, maudites soient-elles!

Bettina exhala un long soupir.

– Bon, eh bien, papa, je crois qu'il serait plus sage que je ne me rende pas à l'invitation du duc. Je ne pourrais pas supporter de vous faire honte.

Sir Charles bondit sur ses pieds.

– Ne soyez pas stupide, mon enfant. Ce voyage est la chance de votre vie. Vous pourrez y rencontrer avec Alveston plus de beaux partis que vous n'en rencontrerez jamais en vous exhibant dans tous les bals de débutantes. (Il observa un silence, avant d'ajouter :) En outre, quel autre *parti* plus avantageux pourriez-vous trouver que Eustace Veston?

Bettina le regarda avec des yeux ronds :

– Papa... vous... vous ne voulez pas dire que...

– Pourquoi pas? s'enquit sir Charles. Il est vrai que lord Eustace n'est pas duc, et il est fort peu probable, à mon sens, qu'il hérite jamais de la fortune et du titre de son demi-frère. Mais c'est un jeune homme tout à fait bien, et vous ne pourriez trouver de famille plus aristocratique.

Bettina détourna les yeux et alla s'asseoir dans le fauteuil préféré de sa mère.

– Je ne... je ne savais pas que... que je devrais me marier si rapidement, dit-elle d'une voix changée.

– Vous avez plus de dix-huit ans, lui répondit son père, et plus tôt vous aurez une alliance au doigt, mieux cela sera! D'autre part, très franchement, Bettina, je ne puis me permettre de vous entretenir.

– Oh... papa!

Sa voix n'était plus qu'un souffle, mais il l'avait entendue.

– Ce n'est pas que je n'en aie pas le désir, ajouta rapidement sir Charles. Vous le savez très bien. J'aime votre présence, et nous avons toujours été de bons amis, vous et moi. Mais la réalité est ainsi : je puis à peine subvenir à mes besoins en jouant, mais je dois dire que, dernièrement, les cartes m'ont été particulièrement défavorables.

– Vous vous souvenez à quel point cela fâchait maman de vous savoir jouer de grosses sommes, dit Bettina.

– Je ne puis malheureusement pas faire autrement avec les gens que je fréquente, répondit sir Charles. Et pour être tout à fait honnête, Bettina, je dois avouer que j'adore ça. En même temps...

Il s'arrêta de parler, et Bettina devina qu'il pensait aux fins de mois difficiles, quand il voyait arriver les factures des commerçants et que les domestiques attendaient leurs gages. Sa femme, alors, le regardait avec des yeux pleins d'appréhension, sachant que l'argent n'arrivait jamais à couvrir leurs besoins.

Sir Charles se mit à arpenter la pièce de long en large.

– Voilà, Bettina, je dois dire que je m'amuse vraiment bien. Je reçois plus d'invitations que je ne peux en accepter, et dites-vous bien que c'est un honneur de compter le duc d'Alveston parmi ses amis. Ils se plaisent toujours à répéter que des réjouissances sans ma présence perdent de leur charme.

Bettina décela une légère trace de vantardise dans sa voix, tandis qu'il poursuivait :

– Mais tout ceci coûte cher. Peut-être que cela m'assure un toit et ma nourriture, et que je puis même aller chasser à courre si l'envie m'en prend. Mais encore faut-il que je trouve le moyen de payer mes vêtements et le valet qui les entretiendra. (Bettina l'écoutait attentivement.) Il me faut également garder cette maison, pour le temps que je passe à Londres. Et je n'ai pas le moindre sou d'économie, après tout cela.

– Je comprends, papa.

– A présent, je crois que vous pouvez comprendre que la sévérité n'a rien à voir avec le fait que je n'ai pas les moyens de vous garder auprès de moi.

Bettina soupira :

– J'avais l'intention de vivre de manière très économe et de ne vous coûter presque rien.

– Pensez-vous que je supporterais de vous voir traîner à la maison par nécessité, d'être dans l'impossibilité de vous assurer un rang dans la société? lui demanda sir Charles sur un ton où perçait la colère. Je suis fier de vous, Bettina, surtout quand je vois la façon dont vous avez grandi. Si vous étiez bien habillée, vous feriez sensation! Et, bon sang, c'est exactement comme cela que j'ai l'intention de vous montrer!

– Mais comment, papa, comment pourrons-nous?

Sir Charles réfléchit un instant puis reprit :

– Lors du décès de votre mère, je fus obligé de vendre tous ses bijoux pour payer son enterrement, les honoraires du médecin et d'autres frais accessoires.

Bettina se raidit tout à coup.

Elle avait plus ou moins espéré que les perles que sa mère avait toujours portées, les pendants d'oreilles en turquoises et diamants dont elle se souvenait depuis son enfance, ainsi que la bague assortie, lui reviendraient un jour.

– Il n'y avait rien d'autre à faire, disait sir Charles, mais j'avais cependant gardé une pièce : un diamant étoilé qu'elle vous destinait tout particulièrement.

– J'adorais ce diamant! s'exclama Bettina. Lorsque maman le portait dans ses cheveux, j'avais toujours l'impression qu'elle s'était transformée en fée, il ressemblait à l'étoile que l'on met au sommet de l'arbre de Noël.

– Je l'ai vendu ce matin, fut la réponse abrupte de sir Charles.

– Vous... Vous l'avez... vendu?

– Afin que vous puissiez avoir des vêtements dignes de vous pendant ce voyage, ma chère enfant. N'oubliez pas que vous êtes l'invitée du duc!

Bettina faillit lui dire qu'il n'avait aucun droit de vendre le joyau que sa mère lui avait laissé, mais elle ravala ses mots parce qu'elle aimait son père.

– Je pense que... que c'est ce que maman aurait... aurait voulu que vous fassiez, dit-elle enfin, et je sais que son plus cher désir était que vous puissiez être fier de moi.

Elle sentit son père se détendre tout à coup à ces paroles, comme s'il avait vaguement redouté la colère de sa fille après un tel aveu. Une lueur joyeuse s'alluma dans ses yeux lorsqu'il déclara :

– N'ayez aucune crainte de ce côté-là; mais rappelez-vous simplement que la personne qui doit vous admirer est lord Eustace.

Installée dans le train privé du duc qui les emmenait vers Southampton, Bettina se dit que, si elle avait voulu faire plaisir à lord Eustace, elle aurait dû choisir une robe tout à fait différente de celle qu'elle portait.

Durant les années qu'elle avait passées en France, les élèves de l'institution très à la mode de Mme de Vesarie lui avaient appris bien des choses en matière d'élégance, et elle avait été assez intelligente pour adapter à sa propre personnalité les leçons qu'elle avait reçues.

La beauté de ses cheveux blonds, si pâles qu'ils en

paraissaient presque blancs sous certains éclairages, aurait été éclipsée si elle avait porté les couleurs brillantes qu'affichaient les autres femmes du groupe invité par le duc.

Elles portaient des robes écarlates, bleu paon ou vert émeraude, des plumes d'autruche assorties piquées dans leur chapeau.

Leurs jupes étaient surchargées de toutes sortes de volants, de nœuds et de rubans.

Des ruchés et des plissés embarrassaient l'arrondi de l'ourlet, hérissaient leur cou et leurs poignets, et les mille feux que lançaient leurs bijoux donnaient à l'ensemble des femmes rassemblées dans le fumoir du train spécial du duc un air de volière peuplée de perroquets.

Quel contraste avec la robe de voyage que Bettina s'était choisie! Sa couleur, d'un bleu se rapprochant des yeux de la jeune fille, était si délicate qu'elle rehaussait l'éclat de ses cheveux blond pâle.

Le manque de temps n'avait permis à Bettina que l'achat de quelques costumes de voyage, et elle avait été assez heureuse que sa fine taille lui eût permis de se glisser dans les modèles de présentation du magasin, auxquels il n'avait fallu faire que de légères retouches.

Cependant il lui fut impossible de se procurer les robes d'été dont son père lui avait conseillé l'achat pour le moment où ils atteindraient Ismaïlia, mais elle eut la chance de trouver dans les affaires de sa mère quelques robes d'un très joli tissu dans cette gamme de couleurs pastels qui lui allaient si bien.

La période des vêtements tristes de l'écolière

était révolue, ce qui la réjouissait, et elle s'imaginait déjà, épanouie dans ses nouveaux atours comme un papillon qui émerge de sa chrysalide.

Lorsqu'elle avait surpris l'expression de son père, elle avait été sûre que son but était atteint, et il aurait été stupide de sa part, en se regardant dans le miroir, de ne pas s'accorder l'avantage d'être réellement belle.

En même temps, elle n'avait pu s'empêcher de glisser une main nerveuse dans celle de son père, lorsqu'ils s'étaient acheminés vers la gare :

– Est-ce que vous êtes sûr que je suis présentable, papa? avait-elle demandé, et, de grâce, aidez-moi à ne pas commettre d'impairs! Je suis certaine que le duc est un homme effrayant, et tous vos amis de cette société si élégante vont me trouver ennuyeuse.

– Bien sûr que non, ma chère enfant, dit sir Charles d'un ton rassurant, mais efforcez-vous de vous concentrer sur sir Eustace. Je suis sûr qu'il va se sentir comme un poisson hors de l'eau.

– Pourquoi donc ne s'entend-il pas avec son frère le duc si celui-ci, comme vous le prétendez, est si charmant?

– Le vieux duc s'est remarié alors qu'il était déjà âgé, répondit sir Charles. Pour une raison que l'on ignore totalement, il s'est choisi une femme terne et pontifiante qui se dévouait aux bonnes œuvres, et qui méprisait la vie sociale que son mari avait toujours appréciée.

Bettina se dit qu'il fallait certainement trouver là la raison expliquant l'intérêt de lord Eustace pour les pauvres gens.

– Elle n'était pas laide, continua sir Charles, et

elle venait d'une bonne famille, mais lorsque le duc mourut, elle refusa d'avoir affaire à son beau-fils; son fils Eustace et elle-même allèrent habiter l'une des propriétés des Alveston dans le Nord.

– On dirait que lord Eustace n'a jamais eu l'occasion de s'amuser, dit Bettina.

– Il ne s'amuse jamais et s'arrange toujours pour que les autres soient également privés de plaisir, remarqua son père. (Puis, comme s'il regrettait ses mots, car lord Eustace y apparaissait sous un jour plutôt rébarbatif, il s'empressa d'ajouter :) En même temps, je pense que c'est un type bien, sérieux, ce que tout jeune homme ambitieux se doit d'être de nos jours s'il veut réussir.

– Ambitieux de quelle manière, papa?

– En se distinguant, je suppose, comme lord Shaftesbury l'avait fait de son temps, se battant pour les déshérités, dénonçant les injustices, et bien d'autres choses encore.

– Tout cela me semble très louable, dit Bettina.

– Bien sûr. Bien sûr, concéda Charles. Posez-lui des questions sur ce qui l'intéresse, Bettina. C'est le moyen le plus rapide de conquérir le cœur d'un homme.

Lorsqu'ils rejoignirent le train spécial du duc, Bettina crut remarquer une fugitive expression de plaisir sur le visage de lord Eustace au moment où ce dernier l'avait vue arriver.

– Voilà que nous nous rencontrons à nouveau, miss Charlwood, dit-il.

– Mais les circonstances sont différentes, monseigneur, avait été la réponse très courtoise de Bettina.

– Très différentes, effectivement, lui accorda-t-il.

Elle crut discerner une lueur méprisante dans les regards que lord Eustace jetait sur les invités qui riaient et bavardaient autour de lui.

Bettina se rappela les remarques de son père à son propos, et elle attendit que tout le monde fût assis dans des fauteuils confortables, et que des laquais en livrée aux armes des Alveston leur aient distribué boissons et amuse-gueule, pour déclarer :

– J'espérais tellement, monseigneur, que nous puissions nous rencontrer à nouveau et que vous me parliez plus longuement de ce travail qui vous passionne tant et dont vous m'aviez dit quelques mots lorsque nous nous sommes rencontrés à Douvres.

– J'ai apporté plusieurs tracts qui ont déjà été publiés, répondit lord Eustace, et d'autres auxquels je mets la dernière main. Je serais très heureux de vous les lire, miss Charlwood, et je suis sûr que nous en trouverons le temps pendant la traversée.

– J'en serais ravie, assura Bettina.

En même temps, elle ne pouvait s'empêcher de se demander ce que les autres membres du groupe feraient pendant tout ce temps.

Elle comptait bien jouir du spectacle qu'offrirait la Méditerranée durant le voyage, et profiter du soleil sans que personne, pas même lord Eustace, ne vînt la déranger.

Elle avait l'impression que l'un de ses rêves devenait réalité; et dire que l'inauguration du canal de Suez avait préoccupé tout le monde en France depuis tellement longtemps!

Mme de Vesarie s'intéressait beaucoup à la famille de Lesseps, avec laquelle elle était en relation, ce qui avait permis aux élèves de son institution de connaître tous les détails sur la lutte désespérée que Ferdinand de Lesseps avait menée pour construire un canal à travers l'isthme qui réunissait les deux mers.

Bettina apprit que c'était Napoléon Bonaparte, en fait, qui s'était intéressé le premier à l'éventualité de modifier ainsi la géographie du monde.

A l'aide d'un graphique, Mme de Vesarie avait expliqué comment Napoléon, se trouvant en 1798 au-dessus de Suez sur un terre-plein marécageux, avait tout d'un coup retrouvé ce qu'il cherchait depuis longtemps, c'est-à-dire le lit de l'ancien canal des Pharaons, que l'on n'avait pas utilisé depuis des millénaires.

C'était durant ce même été où Napoléon avait envahi et occupé l'Egypte, qu'il s'était rendu maître du Caire.

– Si nous voulons détruire l'Angleterre, avait-il déclaré, il nous faut dominer l'Egypte.

C'était l'Egypte qui régnait sur tout le bassin méditerranéen, ainsi que sur la route des Indes, et Napoléon avait décidé de frapper l'ennemi non pas chez lui, mais dans son empire oriental.

Mais après Waterloo, on abandonna l'idée de la construction d'un canal, jusqu'à ce que Ferdinand de Lesseps en eût démontré les avantages et eût décidé, comme le racontait Mme de Vesarie d'une manière si dramatique, de devenir le « Vasco de Gama de Suez ».

Subjuguées, les jeunes filles avaient écouté le récit des difficultés énormes auxquelles le vice-consul de France en Egypte s'était heurté.

Tout d'abord, il se devait de convaincre Mohammed Ali, le gouverneur de l'Egypte, mais heureusement il se faisait vieux, et son fils, le prince Mohammed Saïd, lui avait succédé.

Bettina avait été fascinée par l'histoire de l'amitié entre Ferdinand de Lesseps et Mohammed Saïd.

Lorsqu'il n'avait que onze ans, son père, désireux à ce moment-là de renforcer sa flotte, le fit éduquer comme un marin.

Cependant, l'enfant était gros à faire peur, et bien qu'on l'exerçât à sauter par-dessus des cordages, à courir tout autour des enceintes d'Alexandrie, à ramer et à grimper aux mâts deux heures par jour, il n'en maigrit pas pour autant.

Son père le soumit à un régime sévère, limitant de façon stricte les portions de ses repas, et ordonnant qu'il fût pesé chaque semaine et que le résultat lui fût envoyé au Caire.

C'était un régime trop sévère pour un garçon en pleine croissance, et dont l'affection provenait en fait d'un trouble glandulaire.

Mohammed rendait visite à Lesseps tous les jours. Dans l'enceinte privée du consulat, il se permettait alors de s'allonger, fatigué et affamé, sur un divan, tandis que des domestiques lui apportaient des plats de spaghetti et de pâtisseries françaises pour calmer sa faim.

La bonté réelle de Ferdinand de Lesseps lui valut l'attachement sincère du prince, et l'aîné emmenait parfois le jeune garçon à cheval dans le désert; il lui apprenait à sauter des obstacles et l'initiait aux activités et à la culture françaises.

En 1854, lorsque Ferdinand de Lesseps commença sa grande campagne en faveur de la réunion des eaux de la Méditerranée et de la Mer Rouge, le prince Saïd, en tant que vice-Roi d'Egypte, apporta son soutien au Français et lui trouva l'argent nécessaire.

– Pourquoi s'était-il heurté à tant de difficultés? avait demandé Bettina lorsque Mme de Vesarie avait marqué une pause.

– Les Anglais étaient contre le projet, et ils firent tout ce qu'ils purent pour qu'il échouât, avait répliqué durement Mme de Vesarie. Le Premier ministre tout particulièrement, lord Palmerston, craignait que les relations commerciales de l'Angleterre ne soient perturbées par une nouvelle route maritime. (La voix de Mme de Vesarie s'était faite encore plus dure lorsqu'elle avait ajouté :) Qui plus est, lord Palmerston déclara en fait que le projet était la plus grande escroquerie financière que l'on ait jamais proposée à la crédulité et à la stupidité du peuple anglais.

– Quelle étroitesse d'esprit! s'était exclamée Bettina.

– Habituelle aux Anglais, avait été la réponse cinglante de *Madame.*

– Si l'Angleterre était contre le projet, comment a-t-il pu être réalisé? demanda l'une des élèves.

Madame sourit.

– M. de Lesseps s'était rappelé une conversation qu'il avait eue avec le père du prince Saïd, Mohammed, il y a très longtemps, et le vieil homme lui avait dit : « Gardez ceci en mémoire, mon jeune ami, si vous avez quelque projet important derrière la tête, ne comptez que sur vous-même. »

– Et c'est ce qu'il a fait? demanda quelqu'un.

– Il ne compta que sur lui-même, jusque dans le rassemblement de la somme d'argent dont il avait besoin pour commencer à creuser dans le sable. Il se débrouilla en émettant des actions pour le Canal de Suez, en souscription publique, et le peuple français seul lui envoya quelque chose comme cent millions de *francs* – quatre millions de livres sterling!

Les élèves s'étaient mises à applaudir.

– C'est parce qu'ils croyaient en lui, dit une ravissante petite Française.

– Bien sûr, avait répondu *Madame*. Nous devons toujours avoir confiance dans notre peuple, surtout quand il a raison.

Elle tempéra cependant son enthousiasme par un léger soupir.

– Malheureusement, l'argent ne suffisait pas, mais quand M. de Lesseps s'en est rendu compte, ce même matin du 25 avril 1859, il empoigna une bêche et se mit à creuser près de la baie de Pelusium.

– Et qu'arriva-t-il? lui demanda Bettina.

– Il passa la bêche à son équipe d'ingénieurs et à l'équipe d'une centaine d'hommes qui étaient présents. Chacun d'eux prit la bêche, et retourna une pelletée de sable et c'est ainsi que, sans drame et le plus discrètement du monde, commença la percée du canal de Suez!

Madame ne se contenta pas de raconter l'histoire une fois, elle y revint des centaines de fois, et Bettina se mit à suivre les péripéties de l'aventure avec le reste de la nation française, tremblant à chacun des problèmes, à chacune des mésaventures qui mettait en péril la grande entreprise de ce Français idéaliste.

Il essuya bien des déconvenues. Il arriva même que le creusement cessât tout à fait et que tous les manœuvres égyptiens soient retirés du chantier.

Puis, enfin, grâce à l'aide de Napoléon III, le chantier reprit pour s'engager dans une phase nouvelle.

Les durs moments où tous avaient dû retrousser leurs manches et prendre une pelle était définitivement révolus. Pendant quatre ans, des professionnels armés de lourdes machines travaillèrent jusqu'à ce que le canal fût achevé.

Malheureusement, le prince Mohammed Saïd mourut, et son neveu Ismaël Pacha monta sur le trône, prenant le titre de khédive.

Le 15 août de cette même année, Bettina avait parcouru les gros titres triomphants des journaux français, lisant les articles où l'on décrivait comment les eaux de la Mer Rouge avaient déferlé le long des rives du canal pour aller se jeter dans les lacs salés, avant de se mélanger aux eaux de la Méditerranée.

Les deux mers avaient été réunies, et l'Est et l'Ouest ne faisaient plus qu'un!

Toute cette aventure l'avait tellement passionnée qu'à présent il lui semblait presque normal de pouvoir assister à la cérémonie de l'inauguration elle-même.

Cette pensée l'excitait et elle avait de la peine à suivre les conversations et les potins des autres femmes, ce soir-là, ou même à se montrer attentive à ce que lord Eustace lui disait d'un ton grave et sérieux.

Non seulement elle se savait en route pour l'Egypte, mais elle avait l'impression d'avoir mis le pied dans quelque pays de conte de fées, si grand était le contraste avec l'austérité quotidienne qui régnait à l'institution.

Elle ne s'était jamais imaginé auparavant que tant de luxe et de confort fussent possibles, ou que les créatures évoluant dans ce monde pussent être si belles, si élégantes, et si différentes en tous points des personnes qu'elle avait eu l'occasion de rencontrer.

Bettina trouvait fascinant de voir son père entouré de ses amis qui riaient de ses plaisanteries, lui tapaient sur l'épaule, l'applaudissaient, le complimentaient et l'encourageaient.

C'est seulement maintenant qu'elle commençait à comprendre pourquoi il n'avait aucun désir de quitter ce monde dans lequel il brillait, et elle se promit d'essayer de l'y maintenir, quoi qu'il pût lui en coûter, et malgré la mémoire de sa mère.

A présent, elle comprenait certaines choses qui avaient été si difficiles à cerner dans le passé, à commencer par le désir qu'avait sa mère d'habiller son mari avec les plus belles choses.

Bettina était la seule à savoir combien sa mère avait économisé sur son argent personnel afin de payer soit un nouveau costume à son père, soit de nouvelles culottes de cheval, de nouvelles bottes, de nouvelles chaussures, ou encore de ces innombrables bas blancs qui, sur lui, semblaient encore plus élégants et immaculés à la chasse que ceux des autres cavaliers.

Elle pouvait presque imaginer son père sur une scène de théâtre, tenant les spectateurs en haleine et les faisant rire ou pleurer selon sa volonté.

« Rien d'étonnant à ce que papa soit invité partout », se dit-elle alors que la soirée s'animait autour de sir Charles qui se montrait « l'âme du groupe ».

Elle s'attendit que le duc les rejoignît pour le dîner, lequel était servi dans un autre wagon attenant à la voiture-salon, par des serveurs dont la dextérité professionnelle faisait fi des mouvements du train.

Le menu était délicieux et Bettina admira le chef d'avoir pu préparer des plats raffinés dans des conditions aussi précaires.

Il n'y avait aucun doute : le duc avait bien fait les choses. Les tables étaient garnies de chandeliers d'argent, une demi douzaine de vins, en dehors du champagne, étaient proposés aux invités et chaque femme avait trouvé à sa place un bouquet d'orchidées pour son corsage.

Ces orchidées étaient les premières que Bettina eût jamais reçues, et leur couleur blanche, leur forme étoilée l'incitèrent à se demander si ces fleurs n'avaient pas été choisies expressément pour elle.

Puis elle se morigéna pour son excès d'imagination. Seule la chance avait pu lui désigner ces fleurs qui lui allaient particulièrement bien – alors que lady Daisy Sheridan avait reçu d'immenses catleyas mauves qui formaient un ensemble raffiné avec sa robe étincelante d'améthystes.

– Où est Varien? demanda une invitée à lady

Daisy lorsqu'elle fit son apparition. Il dîne bien avec nous ce soir? Ou bien le lui avez-vous défendu et vous l'êtes-vous gardé pour vous toute seule?

La voix de la femme qui venait de parler contenait une pointe de rancœur, et Bettina en conclut que lady Daisy devait entretenir avec le duc des relations quelque peu spéciales dont son interlocutrice avait pris ombrage

– Varien est fatigué et désire rester seul ce soir, répondit lady Daisy.

– Seul? questionna une autre beauté. Vous ne faites certainement pas partie de la foule, bien sûr, très chère?

Cette remarque déclencha quelques rires, qui semblèrent laisser lady Daisy complètement indifférente.

– Nous devrions tous aller nous coucher de bonne heure, dit-elle. Nous aurons certainement de mauvais moments à passer, une fois sortis du port et, de toute façon, je déteste la mer.

Mais au moment où Bettina allait se retirer dans son compartiment, elle devina que les hommes n'avaient nullement l'intention de suivre le conseil de lady Daisy.

Son père venait de s'installer à l'une des tables de jeu que l'on avait dressées dans le salon pendant le dîner.

Le train avait été dévié sur une voie secondaire, de façon à ce que tous puissent dormir tranquillement pendant la nuit, et le voyage reprendrait le lendemain matin.

Sir Charles jeta un regard à Bettina qui se tenait près de lui.

– J'espère que vous n'allez pas me regarder jouer, dit-il. Cela me rendrait nerveux.

– J'ai bien du mal à le croire, Charlie, dit un homme sur le ton de la plaisanterie en approchant de la table. Je ne vous ai pas encore vu nerveux à cause d'une jolie femme!

– Avec ma fille, c'est différent, répliqua sir Charles.

– Eh bien, pour une fois, je bois à la différence! s'exclama un autre joueur. C'est une personne adorable, et je trouve que c'est exactement le genre de fille que vous méritez, Charles.

– C'est aussi mon avis, répliqua sir Charles en souriant. Vous allez vous coucher, ma chérie?

– Oui, papa.

Bettina sourit et fit une révérence.

– Je réserve mes baisers à mon père, dit-elle dans un murmure.

Tous partirent d'un grand rire, comme si sa remarque avait été spirituelle.

– Vous ne direz plus la même chose l'an prochain à la même époque, dit une voix alors qu'elle se retirait.

Elle fut accompagnée jusqu'à son wagon par une dame qui lui avait déjà montré de la gentillesse auparavant.

Les compartiments étaient confortablement meublés d'un lit, de plusieurs miroirs, et de lavabos encastrés dans du maroquin rouge.

Bettina se dit, en regardant le décor, que l'agencement du compartiment la faisait penser à une maison de poupée, et lorsqu'elle se glissa dans son lit, elle trouva que tout cela était passionnant.

Elle n'avait pas pris la peine de souhaiter une bonne nuit à lord Eustace, car elle avait remarqué, en sortant du salon, qu'il s'était assis dans le coin le plus éloigné du compartiment, un livre à la main.

Pourquoi ne se mêle-t-il pas aux autres? se demanda-t-elle.

Au dîner, il s'était assis à côté d'elle, mais après qu'ils eurent échangé quelques mots, elle n'avait pu s'empêcher d'écouter toutes les choses amusantes que son père et les autres convives échangeaient d'une table à l'autre.

Une grande partie de la conversation restait incompréhensible pour Bettina, car elle roulait sur des gens qu'elle ne connaissait pas et dont elle n'avait aucune idée.

Malgré cela, il lui semblait que tout le monde avait un esprit aussi pétillant que le champagne, et il n'y avait que lord Eustace, les lèvres pincées et raide sur sa chaise, pour ne faire aucun effort d'amabilité.

Il s'exclut délibérément, pensa Bettina.

Comme elle ne voulait pas perdre un seul instant de tout ce qui allait arriver, Bettina s'éveilla aussitôt que le train eut reprit sa route en douceur vers Southampton.

Elle tira les rideaux pour dégager la fenêtre et se rendit compte qu'il faisait encore nuit; elle se força donc à rester couchée jusqu'au lever du jour.

Alors elle s'habilla. Elle avait pris soin de mettre dans un verre d'eau les petites orchidées qu'elle avait portées la veille. Elles étaient si jolies qu'elle ne résista pas à la tentation d'en détacher une pour la piquer à son tour de cou.

– Peut-être n'aurai-je plus jamais autant de splendeur autour de moi, dit-elle à son miroir avec un petit sourire.

Elle se rendit au salon, pour constater qu'on avait débarrassé les tables de jeu, et qu'on avait déjà déposé les journaux du matin pour ceux qui désiraient les lire.

Les tables étaient garnies de fleurs dans de grands vases scellés, de façon que les mouvements du train ne puissent les renverser.

Les fauteuils confortables et le sofa recouvert de damas étaient jonchés de coussins de satin. Les murs s'ornaient de peintures et les rideaux qui encadraient les fenêtres étaient de satin cramoisi du plus bel effet.

Bettina ne se lassait pas de regarder autour d'elle.

« Comme cela doit être merveilleux d'être aussi riche, se dit-elle, et d'avoir tout ce que l'on désire. »

Elle remarqua un bureau vers lequel elle se dirigea pour examiner à loisir les multiples objets qui y étaient disposés et parmi lesquels elle pensait bien trouver de quoi écrire une lettre.

Le buvard, le porte-plume, le plumier, l'ouvre-lettres, la loupe, la boîte à timbres – tout était frappé aux armoiries des Alveston.

Les mêmes armoiries se retrouvaient sur une boîte en cuir contenant du papier à lettres et des enveloppes, et l'on y voyait distinctement un griffon brandissant une gerbe de blé, une couronne sur la tête.

« On a pensé aux moindres petits détails », se dit

Bettina, puis elle entendit soudain un bruit de pas derrière elle et se retourna.

Pendant un instant, elle ne put que fixer de ses grands yeux l'homme qui venait d'entrer. Si elle avait trouvé son père impressionnant, que dire alors de la prestance de celui qui venait d'arriver!

Il était grand – plus grand que la moyenne des hommes du groupe – les épaules larges, et son visage avait quelque chose de frappant et d'inhabituel qui inspirait de la crainte.

Il se dégageait de sa personne un tel air d'autorité et de sérieux qu'elle l'en voyait entouré comme d'une aura, et il aurait été impossible de ne pas le remarquer, quand bien même la pièce aurait été remplie d'autres hommes.

Pendant un instant, il sembla surpris, lui aussi, puis il articula :

– Je pense que vous devez être miss Charlwood.

Bettina exécuta une révérence un peu tardive :

– C'est exact... Votre Grâce.

Il n'y avait aucun doute dans son esprit quant à l'identité de l'inconnu.

– Permettez-moi donc de vous souhaiter la bienvenue dans notre groupe, dit le duc. Je pense que j'aurais deviné que vous étiez la fille de votre père, même si je n'avais pas eu l'honneur de faire la connaissance de votre mère, que j'ai beaucoup admirée.

– Merci, Votre Grâce.

– Vous êtes levée de très bonne heure. Je ne pensais pas trouver un seul de mes invités debout à une heure aussi matinale.

– J'étais trop excitée pour pouvoir dormir, lui

expliqua Bettina, et j'étais en train d'admirer le compartiment. On ne pouvait pas bien le voir hier soir, avec tous ces gens.

– Une occupation passionnante, sans aucun doute, dit le duc.

Sa manière de parler était quelque peu sèche, avec une légère pointe de cynisme, et elle leva vers lui des yeux interrogateurs.

– Je crois que c'est votre première sortie depuis que vous avez quitté l'école? dit-il.

– Je tiens à vous remercier de tout cœur de m'avoir invitée, répondit Bettina. Je n'avais jamais rêvé, je ne m'étais jamais imaginé une seconde que j'aurais un jour le privilège de pouvoir assister à l'inauguration du canal de Suez.

– C'est donc un sujet qui vous intéresse? s'enquit le duc.

– J'ai vécu en France, Votre Grâce.

– Mais bien sûr, dit-il. Et je suppose qu'ils sont très fiers de leur succès, là-bas.

– Ils le sont vraiment, et d'autant plus triomphants qu'ils ont réussi à prouver que les Britanniques avaient tort, répondit Bettina.

Le duc se mit à rire.

– Nous ne pouvons que le reconnaître, dans cette circonstance, dit-il, complètement et absolument. Mais j'ai toujours pensé, quant à moi, que le canal de Suez était du domaine du possible.

– Avez-vous eu le courage de le dire à lord Palmerston? lui demanda Bettina.

Le duc lui lança un regard aigu, surpris de constater qu'elle était au courant de l'opposition de l'ancien Premier ministre. Puis il répondit :

– En fait, je me souviens avoir fait un discours à la Chambre des Lords, il y a quatre ou cinq ans, en faveur du projet. Bien sûr, personne ne m'avait écouté.

Le duc choisit un journal, et elle se rendit compte qu'il était venu dans le wagon pour cette raison.

Ne voulant pas se montrer importune, puisqu'il semblait avoir envie de lire le journal, Bettina s'assit résolument devant le bureau.

La seule personne qui serait réellement passionnée de savoir qu'elle allait assister à l'inauguration du canal de Suez était Mme de Vesarie.

La jeune fille se mit donc en devoir d'écrire à son ancienne directrice, tout en ayant conscience de la présence du duc qui s'était assis derrière elle dans un fauteuil, les jambes croisées, et qui avait commencé à lire le *Times*.

« Quel bel homme », se dit Bettina.

Elle se dit que si lord Eustace détestait son demi-frère, c'était non seulement parce que ce dernier l'éclipsait par son rang social, mais également par son apparence.

Elle était juste en train de finir sa lettre lorsque lord Eustace fit son apparition dans le compartiment.

– Bonjour, Varien, dit-il en s'adressant à son demi-frère d'une voix plutôt froide.

– Bonjour, Eustace. J'espère que vous avez passé une bonne nuit.

– Très bonne, merci. Et cela m'a fait penser à une question dont je voudrais vous entretenir si vous avez quelques instants à me consacrer.

– Si vous avez l'intention de m'ennuyer avec vos

histoires à fendre le cœur à propos des déshérités ou des clochards qui dorment sous les ponts, inutile de dépenser votre salive, lui répondit le duc sèchement. J'ai mes œuvres, Eustace, tout comme vous-même, et je n'ai pas un sou à gaspiller pour le moment.

– Comment pouvez-vous dire une chose pareille? fit lord Eustace avec colère. Ce que vous êtes en train de dépenser pour ce voyage en Egypte, ou si vous préférez, ce que nous avons mangé et bu hier soir aurait suffi à loger et nourrir une centaine de personnes pendant une année entière!

– Eustace, laissez-moi espérer que vous n'allez pas cracher sur le moindre petit morceau de nourriture ou la moindre goutte de vin que mes invités et moi-même allons porter à nos lèvres. Et si vous pensez que j'ai l'intention de faire les mêmes erreurs que Shaftesbury, qui s'est pratiquement ruiné en donnant tout aux pauvres, vous vous trompez lourdement.

– Vous me faites honte, dit lord Eustace, j'ai honte de constater qu'une famille comme la nôtre fait si peu en faveur de ceux qui souffrent sans en être responsables.

– Si peu! tonna le duc. Si vous osez qualifier de peu... (Il s'arrêta.) Ecoutez-moi, Eustace, je n'ai pas l'intention de perdre mon sang-froid ni de répéter, comme je l'ai fait si souvent, que l'on ne doit pas faire la charité n'importe comment ni dilapider l'argent aux quatre vents. (La voix du duc se fit cinglante lorsqu'il ajouta :) Vous êtes mon invité et je vous prierai de vous conduire en conséquence dans un lieu qui est ma propriété, envers mes amis et moi-même. Je ne veux plus entendre vos prêchis-prêchas moralisateurs ni subir vos attitudes de mendiant comme si vous aviez une sébille à la main, vous m'avez bien compris?

Pour toute réponse, lord Eustace fit demi-tour et sortit du compartiment; Bettina devina, au bruit du papier froissé dans son dos, que le duc avait repris son journal.

Elle sentait son cœur battre d'une manière inhabituelle, car avoir assisté malgré elle à la querelle qui avait opposé les deux frères avait quelque chose d'embarrassant, sans compter la tension qu'elle avait ressentie d'une façon qu'elle ne pouvait s'expliquer elle-même.

Elle avait parfois assisté à des disputes entre élèves – il y en avait souvent à l'institution – mais, jamais auparavant, elle ne s'était trouvée dans la position d'entendre deux hommes se parler ainsi, avec tant d'amertume et de haine, et toute cette animosité, due au fait que les deux frères se détestaient cordialement, chargeait l'atmosphère d'une manière inconnue pour elle.

A son grand soulagement, son père pénétra dans le compartiment.

– Bonjour, Varien! dit-il en s'adressant au duc, et il déposa en passant un baiser sur la joue de Bettina.

– Vous êtes bien matinale, ma poupée. Cela veut dire que vous êtes tellement excitée que vous n'arrivez plus à dormir?

– Exact, papa, lui répondit Bettina. Je me suis réveillée au moment où le train s'est remis en marche.

– Moi aussi, dit sir Charles, bien que je me sois couché très tard cette nuit.

– Encore le jeu, Charles? s'enquit le duc. Vous savez parfaitement que vous ne pouvez pas vous le permettre.

– Je pouvais tout à fait me permettre celui de la nuit dernière, dit sir Charles sur un ton d'évidente satisfaction. Downshire me doit un joli paquet.

– Lui aussi peut certainement se le permettre, dit le duc en souriant. Mais il n'aura de cesse qu'il ne vous l'ait à nouveau repris.

– C'est une possibilité à laquelle j'accorderai toute mon attention afin de l'éviter! répondit sir Charles, et tous deux éclatèrent de rire.

– Prenons notre petit déjeuner, suggéra le duc; je sens que j'en ai grand besoin.

Le ton de sa voix devait avoir quelque chose de révélateur, car sir Charles lui lança un regard inquisiteur.

– Quelque chose vous tracasse? lui demanda-t-il.

– C'est seulement Eustace, lui répondit le duc.

– Oh, Eustace, prononça sir Charles (puis, jetant un regard dans la direction de Bettina, il ajouta :) un jeune homme qui a grand besoin de la compréhension d'une femme pour l'inspirer.

Bettina devina que la dernière phrase la concernait tout spécialement.

Mais ce qu'elle ne fut pas en mesure de voir, c'est le clin d'œil que son père avait adressé au duc en parlant.

3

Bettina se faufila sur le pont pour rejoindre un endroit qu'elle avait découvert par hasard, et où elle pourrait être tranquille puisque personne ne semblait en connaître l'existence.

Il lui était relativement difficile de garder son équilibre, parce que le *Jupiter* avait commencé sa traversée sur une mer plutôt agitée.

Malgré de rares rayons de soleil qui, parfois, arrivaient à percer les nuages, le yacht roulait et tanguait désagréablement, bien qu'un marin eût trouvé qu'il tenait la mer d'une façon impeccable.

Bettina n'avait jamais imaginé qu'un yacht pût offrir tant de luxe et de confort.

On venait tout juste de présenter le *Jupiter* à son propriétaire; c'était un bateau à vapeur du même type que celui que les lignes Cunard, Peninsular et Oriental venaient de mettre à la mode.

Ces derniers avaient construit l'*Himalaya* qui était dans le genre le vaisseau le plus grand du monde, et dont la vitesse maximale atteignait environ quatorze nœuds.

En quittant Southampton, le duc avait annoncé à ses passagers qu'il espérait battre ce record de deux ou trois nœuds au moins.

Et les passagers s'étaient mis à parier tous les jours sur les progrès du bateau, et Bettina se rendit vite compte que les gentilshommes, en fait, auraient parié sur n'importe quoi, pourvu que l'esprit de compétition soit entretenu entre eux.

Peu à peu, elle en apprenait davantage sur le reste des passagers, mais c'était d'abord le bateau qui l'avait fascinée.

On lui avait dit que le duc lui-même avait tenu à choisir toute la décoration jusque dans ses moindres détails, d'après son goût personnel.

Elle était stupéfaite de voir comme un seul homme pouvait réunir tant d'idées brillantes à la fois sur la couleur, l'espace et l'ameublement.

Rien dans le salon ne choquait le regard par trop d'ornementation, et les cabines extrêmement confortables offraient ce même luxe, ce goût parfait.

Elle aimait particulièrement le vert céladon des murs du salon ainsi que le blanc et or de la salle à manger au-delà de laquelle on pouvait apercevoir une salle de jeu-fumoir tapissée de rouge.

Il existait aussi une petite pièce qui servait de bureau, où l'on pouvait aller se reposer, mais ce que Bettina appréciait tout particulièrement c'était les multiples étagères où elle puisait des livres qui faisaient ses délices.

Lire était son occupation favorite, et elle n'avait aucune peine à délaisser les commérages des autres passagères afin d'aller rejoindre ses lectures qui l'attendaient dans la bibliothèque du duc, et lui découvraient des horizons inconnus.

Bien que Mme de Vesarie ait été particulièrement attentive à ce que ses jeunes élèves aient une bonne connaissance de la littérature et des classiques français et anglais, elle n'autorisait pas pour autant ses protégées à lire n'importe quel roman.

C'est pourquoi Bettina découvrait avec passion les romans de Dumas et de Gustave Flaubert, entre autres auteurs français, et un certain nombre d'auteurs anglais.

Cependant, ce matin-là, alors qu'elle se frayait un chemin vers son endroit favori sur le pont, protégée par un ciré, elle avait décidé de réfléchir plutôt que lire le livre qu'elle avait emporté avec elle.

Elle espérait bien que personne ne la verrait, car sa silhouette était pour le moins étrange.

Elle avait mis un gros manteau qui avait appartenu à sa mère, car le vent de novembre dans le golfe de Gascogne était déjà froid, et pour parer à toute éventualité, elle avait encore enfilé par-dessus le tout une capote d'homme en toile cirée.

Elle avait eu quelque difficulté à l'obtenir, mais elle savait que c'était la seule manière efficace de se protéger du vent, et elle avait demandé à la femme de chambre attachée à sa personne si pareille chose pouvait se trouver à bord.

– J'en suis sûre, miss, avait répondu Rose, et, comme tout est neuf sur le bateau, vous pourrez la porter sans crainte.

– Cela me serait égal de partager mon ciré avec quelqu'un d'autre, lui avait répondu Bettina.

Elle savait très bien, cependant, que Rose aurait été choquée à l'idée qu'elle pût porter un vêtement qu'un marin aurait déjà utilisé.

Le *Jupiter* comptait douze invités et autant de domestiques pour veiller sur eux.

Chaque gentilhomme s'était fait accompagner de son valet, et si Rose avait eu de la difficulté à trouver ce qu'elle cherchait, elle aurait pris le parti d'aller demander à Higgins, le valet de sir Charles, de s'en charger, car il était de cette sorte d'homme qui se faisait fort de vous trouver n'importe quoi, de la chose la plus ordinaire à la plus extravagante.

Mais Rose, dont Bettina apprit qu'elle était employée dans la maison ancestrale du duc à la campagne, revint bientôt avec un ciré tout neuf que personne apparemment n'avait utilisé, et qui était encore soigneusement emballé.

– Voilà, miss, dit-elle, mais vous allez avoir un air étrange là-dedans.

– Je préfère cela que de me laisser mouiller jusqu'aux os, dit Bettina avec un sourire.

– Vous ne devriez pas sortir sur le pont, miss, voilà tout! Aucune autre dame n'a quitté sa cabine depuis que la tempête a commencé.

– Est-ce qu'elles sont toutes malades? s'enquit Bettina.

– Elles ne voudraient l'avouer pour rien au monde, miss!

Bettina éclata de rire.

– Il est certain que cela est tout à fait ridicule et bien peu romantique, dit-elle, et je suis bien contente d'avoir le pied marin.

– Ça, vous pouvez le dire, miss, dit Rose d'un ton admiratif. Vous êtes la seule personne dont je m'occupe qui ait pris son petit déjeuner et certaines des autres servantes ont été obligées de veiller leurs maîtresses toute la nuit.

Bettina se sentit vaguement coupable d'avoir dormi si paisiblement la nuit dernière alors que la tempête faisait rage dehors, mais elle se sentit tout d'un coup le besoin impérieux de prendre l'air, et n'avait aucune envie de rester confinée dans sa cabine ou d'aller s'asseoir dans le salon.

Cela lui permettait aussi d'ignorer le drame qui se nouait entre lady Tatham et lady Daisy.

Pendant le voyage en train, ainsi que durant le premier jour en mer, Bettina avait été tellement fascinée par l'éclatante beauté de lady Daisy et de deux autres invitées, que lady Tatham était passée presque inaperçue à ses yeux.

Mais lorsqu'elle la remarqua, elle la trouva d'une beauté encore supérieure à celle de lady Daisy.

Elles étaient de type très différent : lady Daisy appartenait plutôt à cette catégorie de femmes aux yeux bleus et aux cheveux blonds, dont le genre junonien était vanté dans tous les magazines féminins, et Bettina était persuadée qu'elle représentait l'idéal de la plupart des hommes.

Lady Tatham – Enid pour les intimes – avait une chevelure sombre encadrant des yeux verts légèrement étirés vers les tempes, qui donnaient à son visage une expression énigmatique qui lui avait valu le surnom de « Sphinx »; ses lèvres rouges au tracé délicat brillaient d'une manière presque provocante sur sa peau de magnolia qui laissait paraître insipide le teint de lys et de roses de lady Daisy.

La rivalité qui séparait les deux belles attachées au duc était connue de tous et ce, bien avant d'arriver à Southampton.

Elles étaient assises de chaque côté du duc, pendant les repas, et faisaient assaut d'esprit pour l'amuser et le distraire.

Mais lorsqu'après le dîner, les femmes se réunissaient au salon, ou bien lorsqu'elles se retrouvaient seules, de temps en temps, leurs voix avaient la dureté du métal.

Bettina apprit que lady Tatham était mariée, mais qu'elle ne partageait pas le goût de son mari pour la campagne. Elle passait comme un météore dans la haute société londonienne, suivie par une meute d'admirateurs, mais non par l'homme dont elle portait le nom.

Les autres femmes s'amusaient plutôt de ces escarmouches entre les deux rivales, et semblaient satisfaites de l'escorte masculine qui les accompagnait en voyage.

La plus gentille d'entre elles, de l'avis de Bettina, était l'honorable Mrs Dimsdale qui s'était montrée aimable envers la jeune fille dès le début du voyage.

– J'adore votre père, Bettina, lui disait-elle; d'ailleurs, tout le monde aime Charles Charlwood, et nous nous sommes tous efforcés de distraire sa solitude, depuis que votre mère est morte.

– Comme c'est gentil de votre part! s'était exclamée Bettina.

– Lorsque nous serons de retour à Londres, je tâcherai de vous distraire aussi, avait continué Mrs Dimsdale. J'ai une nièce, qui est à peu près de votre âge, et ma sœur ne sera que trop heureuse de vous servir de chaperon si vous voulez aller à des bals cet hiver.

– Je vous remercie infiniment, madame, dit Bettina.

Elle se serait réellement sentie « en dehors » si la présence de Mrs Dimsdale et ses bonnes paroles ne l'avaient aidée, et si elle n'avait toujours eu l'air contente de voir la jeune fille se joindre au groupe des dames, dans le salon.

Elle l'appelait à ses côtés et se mettait à parler de tout et de rien avec elle, pendant que lady Daisy et lady Tatham s'entre-déchiraient.

La nuit précédente, lorsque la mer avait commencé à être houleuse, les nerfs de ces dames étaient à bout, et Bettina avait pressenti un éclat.

Par peur de paraître malades, les hommes avaient bu plus que de coutume, se servant abondamment des vins millésimés que l'on servait à table, au dîner.

Bettina avait surtout remarqué lord Milthorpe, car ce dernier avait visiblement du mal à se tenir sur ses jambes lorsque tout le monde était passé au salon.

Bien que les mouvements rudes du bateau aient pu en être la cause, il semblait que tous les gentilshommes, à l'exception de son père, du duc, et de lord Veston bien sûr, avaient le visage extraordinairement rouge, et que leurs yeux chaviraient, ce qui leur donnait un air plutôt stupide.

Mais, quoi qu'il en soit, lord Ivan Walsham se leva, se dirigea vers lady Daisy et lui enlaça la taille.

– Vous êtes diablement jolie, ce soir, lady Daisy, lui dit-il. Venez avec moi admirer le clair de lune et je ferai l'amour avec vous.

Lady Daisy se dégagea de ses griffes avec une habileté consommée et lui répondit en riant :

– Voyons, Ivan, vous n'oseriez pas me toucher! Vous savez parfaitement que j'appartiens à Varien, et que celui-ci m'appartient.

– En êtes-vous tellement sûre? lui avait demandé lady Tatham.

Sa voix vibrait de défi et ses yeux verts avaient une expression redoutable.

Peut-être, sans le vin capiteux du dîner, lady Daisy aurait-elle trouvé la pirouette qui l'aurait sortie de ce mauvais pas. Au lieu de cela, elle rétorqua férocement :

– Pouvez-vous me préciser ce que vous entendez par là?

– Désirez-vous vraiment que je vous le précise – et en public? avait demandé lady Tatham.

Ses yeux, à présent, n'étaient plus qu'une fente mystérieuse, et ses lèvres avaient un pli indéniable de défi.

– Vous allez me dire ce que vous entendez par là, explosa lady Daisy avec fureur, ou bien je vous secouerai jusqu'à ce que cela sorte!

Tout en parlant, elle s'était avancée avec une telle détermination que tout le monde avait retenu son souffle.

Puis, lorsque le duc, qui s'était un peu attardé, fit son entrée dans le salon, lady Tatham courut vers lui, en exprimant sa détresse.

– Sauvez-moi! Sauvez-moi! Varien! avait-elle hurlé en se jetant dans ses bras. Sauvez-moi de cette... cette Méduse aux cheveux de serpents!

Le duc, qui n'avait pas entendu les paroles qui venaient d'être échangées, eut l'air surpris.

Le roulis du bateau avait forcé le duc à mettre courtoisement son bras autour des épaules de lady Tatham afin qu'elle ne tombe pas.

C'est à ce moment que lady Daisy gifla sa rivale tout en poussant des cris hystériques.

Toutes les dames présentes avaient fait cercle

autour d'elle, pendant que le duc, apparemment indifférent à ce qui venait de se passer, s'était assis à une table de jeu et avait demandé à deux autres gentilshommes d'être ses partenaires.

Lady Daisy et lady Tatham se retirèrent dans leurs cabines, et Bettina fit de même, sentant que l'incident avait alourdi l'atmosphère.

Elle était en train de lire dans son lit quand, une heure plus tard environ, elle entendit frapper à sa porte, et lorsqu'elle eut crié « entrez! », elle vit son père apparaître dans l'encadrement de la porte.

– Y a-t-il quelque chose qui ne va pas, papa? lui demanda-t-elle, surprise de le voir.

– Pas exactement, lui répondit sir Charles. Mais je voulais vous parler.

Il choisit de s'asseoir sur le rebord du lit, mais il dut s'accrocher à la main courante de cuivre, car le *Jupiter* tanguait très fortement à présent.

Bettina reposa son livre et le regarda de ses grands yeux.

– J'ai pensé qu'après ce regrettable incident, ce soir, il fallait que je vous parle, dit sir Charles.

– Est-ce que je n'aurais pas dû aller me coucher? lui demanda immédiatement Bettina.

– Non, au contraire, c'était extrêmement intelligent de votre part, lui répondit sir Charles, mais en voyant ces deux femmes se conduire comme des idiotes, je me suis rendu compte que vous étiez trop jeune pour participer à un tel voyage. (Il s'arrêta, puis reprit en baissant la voix :) Votre mère n'aurait jamais permis que vous soyez là, vous le savez bien.

Bettina garda le silence car elle ne savait pas trop quoi répondre.

– Vous savez, ma chérie, continua sir Charles, le duc, comme je crois vous l'avoir déjà dit, a la réputation d'aimer la vie fastueuse, et on pourrait le qualifier de « noceur ».

– Il est vraiment magnifique, papa!

– Trop beau, trop riche, trop tout ce qui attire les femmes, répondit sir Charles.

– Vous voulez dire par là que les femmes se comportent toujours ainsi pour lui? lui demanda Bettina en écarquillant les yeux.

– Trop souvent, j'en ai peur, et je n'ai pas encore compris pourquoi il a invité lady Daisy et Enid Tatham ensemble, à moins que ce ne soit diabolique calcul de sa part.

– Quelle est celle qu'il aime, papa?

Sir Charles demeura silencieux, puis il dit enfin :

– Il n'est pas exactement question d'amour, Bettina. Je ne pense pas que Varien ait jamais été amoureux de qui que ce soit jusqu'à présent.

– Alors... je ne... je ne comprends pas.

– Il n'est pas nécessaire que vous compreniez, dit sir Charles. Je me rends bien compte que je n'aurais jamais dû vous emmener directement de votre institution dans un voyage de ce genre, mais il n'y avait pas moyen de faire autrement si je voulais être présent à l'inauguration du canal de Suez, ce dont j'avais très envie.

– Vous savez combien ce sera merveilleux pour moi aussi d'y assister, dit Bettina.

Son père eut un léger sourire.

– Qui d'autre nous aurait invités?

Bettina lui rendit son sourire.

– C'est vrai, papa. Aussi vaut-il mieux ne pas faire de critiques, n'est-ce pas?

– Vous êtes une enfant pleine de bons sens, Bettina, dit sir Charles en lui tapotant la joue, et je dois avouer que je suis très fier de vous. Mais, en même temps, je ne peux m'empêcher d'avoir un certain sentiment de culpabilité en voyant ce qui se passe.

– Papa, je vous en prie, dit Bettina d'un ton suppliant. Tout le monde s'est montré si gentil envers moi. Aussi longtemps que personne ne vient me chercher querelle ou me donner des gifles, je ne me préoccupe pas de ce que les autres peuvent faire.

– Mais ce n'est pas bien. Ce n'est pas le genre de choses auxquelles je souhaiterais vous voir mêlée, dit sir Charles d'un ton lourd de sous-entendus. Daisy devrait être plus fine, mais aussi cette Enid Tatham fait tout ce qu'elle peut pour semer la zizanie.

– Est-ce qu'elle est très amoureuse du duc? demanda Bettina.

– Elle y tient certainement beaucoup en tant qu'homme, mais davantage encore parce qu'il est duc, répondit sir Charles avec franchise.

– Vous voulez dire qu'il serait un trophée de plus à sa couronne si l'on parlait du duc comme étant son chevalier servant? lui demanda Bettina. Mais... mais ce que... ce que je ne comprends pas, papa... c'est...

Elle s'arrêta.

– Eh bien? fit sir Charles.

– Eh bien, je me demande ce qu'en fin de compte

elles peuvent bien espérer de la part du duc. Après tout, lady Daisy et lady Tatham sont mariées toutes les deux et leurs maris sont vivants. Il ne peut les épouser ni l'une ni l'autre.

Sir Charles resta silencieux pendant un instant, et Bettina devina qu'il était en train de choisir ses mots avec soin.

– Il est bien évident que Varien ne peut se marier avec l'une ou l'autre de ces dames, dit-il enfin après ce qui avait semblé être un long silence, et à dire vrai je ne pense pas qu'il se marie avec qui que ce soit. En fait, je l'ai toujours entendu dire qu'il désirait rester célibataire, et que Eustace pouvait très bien hériter de son titre, dont il se soucie peu.

– Il ne désire pas avoir de fils? s'enquit Bettina.

– Pas assez pour sacrifier sa liberté, répliqua sir Charles. En fait, il a déjà été marié une fois.

– Ah bon! s'exclama Bettina, surprise. On ne me l'a jamais dit.

– C'est arrivé il y a tellement longtemps que plus personne ne s'en souvient, sauf Varien, bien sûr.

– Papa, je vous en supplie, racontez-moi, lui demanda Bettina.

– Il s'est marié à l'âge de vingt et un ans, bien avant que nous ne devenions amis, dit sir Charles, mais, ce dont je me souviens, c'est que tous les journaux étaient remplis de descriptions des festivités que l'on avait données à l'occasion de son mariage et de sa vingt et unième année, dont un gigantesque dîner pour ceux qui travaillaient sur leurs terres, avec des feux d'artifice et toutes sortes d'autres réjouissances.

– Qu'est-ce qu'il arriva? demanda Bettina avec curiosité.

– La mariée que l'on destinait à l'héritier des Alveston avait le même âge que son époux. Ce mariage avait été arrangé, bien entendu, entre les deux pères. Leurs propriétés étaient voisines, et rien ne leur semblait plus heureux, puisque leurs terres se jouxtaient, qu'unir également leurs enfants.

Bettina, les yeux fixés sur son père, attendait la suite du récit.

– Malheureusement, continua sir Charles, la nature humaine étant ce qu'elle est, les jeunes mariés se détestèrent presque dès leur première rencontre.

– Mais alors pourquoi se marièrent-ils? lui demanda Bettina.

– Je suppose que la pression des deux pères était trop forte pour qu'ils pussent y résister, et c'est ce qui se passe pour la plupart des mariages dans l'aristocratie : ils sont fondés sur des intérêts d'ordre économique! lui répondit son père.

– Continuez, papa.

– Ils étaient mariés depuis un an déjà, quand la femme de Varien attendit un enfant. Il n'a jamais parlé de ce qui s'est passé, mais on raconte qu'à la suite d'une de ces disputes qui éclataient souvent entre les deux époux, elle quitta le domaine pour aller chasser alors qu'il le lui avait expressément défendu, et ce qui devait arriver arriva : elle fit une chute et se tua avec l'enfant dans son sein.

Bettina laissa échapper une exclamation étouffée.

– Oh, papa, comme c'est horrible!

– C'est probablement une des raisons de l'amertume que Varien affiche envers le mariage, dit sir Charles, et lorsque, quelques années plus tard, il hérita de son titre de duc, il décida de faire exactement ce qu'il lui plairait. Il eut beaucoup de ce que les Français appellent des *affaires de cœur,* mais toujours avec des femmes mariées.

– Mais... est-ce que... est-ce que les maris... ne sont pas jaloux? demanda Bettina d'une voix hésitante.

Elle n'était pas très sûre de comprendre exactement ce qui se passait quand un homme avait une *affaire de cœur.*

Mais elle savait que le prince de Galles avait fait scandale, il y avait deux ans de cela, lorsque les journaux avaient annoncé sa liaison avec l'actrice Hortense Schneider.

Après les vacances, les filles étaient revenues à l'école, riant sous cape à propos du prince et d'Hortense, et plus tard ce fut bien pis avec l'histoire entre le prince et la princesse de Sagan.

Le château de Sagan était devenu la résidence du Prince chaque fois qu'il voyageait à l'étranger, voyages qu'il faisait toujours *en garçon* pendant que la princesse Alexandra rendait visite à ses parents à Copenhague.

Les élèves françaises ne se montraient ni grossières ni critiques envers l'attitude du prince de Galles quand elles parlaient de sa dernière conquête ou de son dernier écart.

En fait, c'était précisément ce qu'elles admiraient en lui, et Bettina se retrouvait fort enviée parce qu'elle était anglaise et que son père était un familier du prince.

Dans un certain sens, un peu de la gloire du prince rejaillissait sur elle.

Par conséquent, cela ne la surprenait pas du tout que le duc eût des aventures amoureuses. Seul le comportement des deux femmes qu'il admirait les rendait moins romantiques et moins brillantes qu'elle ne l'aurait cru.

Elle avait le sentiment que le duc était tellement magnifique et splendide que les femmes à qui il accordait ses faveurs devaient au moins être ses égales.

Les yeux de sir Charles ne quittaient pas le visage de Bettina pendant que celle-ci pensait à ce que son père lui avait raconté, et la jeune fille, se rendant compte tout à coup de l'air préoccupé qu'avait son père, lui prit la main et lui dit :

– Ne vous faites pas de souci pour moi, papa. Je suis si contente d'être avec vous, et c'est tellement merveilleux de pouvoir aller en Egypte que rien d'autre n'a d'importance... vraiment rien d'autre!

Sir Charles poussa un soupir de soulagement. Puis il se décida enfin à lui poser une question qu'il semblait avoir longtemps gardée pour lui-même :

– Comment les choses se passent-elles avec Eustace?

– Il m'a lu plusieurs de ses pétitions, papa.

– Encouragez-le, lui dit sir Charles d'un ton pénétré, et faites-le parler de ses ambitions, de son avenir. Vous pourriez l'aider, Bettina, et, très franchement, je pense qu'il en a besoin.

– Il est toujours d'humeur si sérieuse, et j'ai bien peur qu'il ne déteste le duc.

– Vous devez essayer de le persuader d'avoir une

attitude plus humaine envers la vie, dit sir Charles d'un ton léger. Et maintenant il faut que je me sauve.

– Etes-vous encore en train de jouer aux cartes, papa?

– Oui, et Walsham m'a remplacé lorsque je suis parti vous voir, mais ils attendent mon retour.

– Et vous leur manquez, ajouta Bettina avec un sourire. Tout le monde vous aime, papa. Vous ne vous disputez jamais avec personne.

– C'est un luxe que je ne puis me permettre, lui répondit sir Charles sur un ton plaisant.

Ils se mirent à rire tous deux et son père déposa un baiser sur la joue de Betina avant de s'en aller.

– Bonne nuit, Bettina. Vous êtes ravissante et, si Varien tient sa promesse de rester célibataire, je vous verrai bien en duchesse.

Bettina ne répondit pas. Elle regarda son père se glisser par la porte et entendit bientôt son pas décroître dans la coursive.

Elle resta assise dans son lit, les yeux dans le vague, ses pensées occupées par le duc et l'histoire désastreuse de son mariage.

Avec le vent qui lui fouettait le visage, les pensées de Bettina revenaient à présent à la conversation qu'elle avait eue la veille avec son père, et elle savait très bien que, si elle avait écouté les conseils de celui-ci, elle serait en ce moment même en train d'attendre, dans le salon, espérant y voir apparaître lord Eustace.

Elle avait patiemment écouté ses discours, et il lui

avait minutieusement expliqué en quoi consistait le travail qu'il faisait chez les « déshérités » des taudis de Londres.

Il était plutôt difficile de comprendre comment on pouvait les sauver ou du moins transformer leur vie.

Mais, se dit-elle, il était louable qu'un jeune homme de sa condition passe tellement de temps à se préoccuper d'une chose dont, à coup sûr, la plupart des gens se moquaient éperdument et trouvaient inutile.

Elle regrettait seulement que lord Eustace montre un visage si sombre et si triste en toutes circonstances.

– On a sûrement déjà fait quelque chose pour eux? lui avait-elle demandé.

– Très peu, avait-il répondu. Le gouvernement n'a aucun intérêt à dépenser son argent pour des gens qui sont dans une telle indigence.

– Pourquoi ne vous adressez-vous pas au Parlement?

Lord Eustace resta silencieux un instant, puis il reprit :

– J'espère bien un jour siéger à la Chambre des Lords!

Elle avait très bien compris ce qu'il entendait par là : un jour il comptait bien occuper le siège de son demi-frère en tant que duc d'Alveston.

Le titre qu'il portait n'était en fait qu'un titre de courtoisie, son rang dans la société ne lui permettait pas d'être éligible à la Chambre des Lords, mais il pouvait très bien entrer à la Chambre des Communes en tant que simple membre élu.

Bettina, en réfléchissant, se dit qu'il ne pouvait y

avoir plus de onze ou douze ans de différence entre les deux frères; cet écart était trop faible pour permettre à lord Eustace d'espérer la mort prochaine du duc qui le ferait hériter de son titre et mener une vie politique active en profitant encore de sa jeunesse.

Elle se sentait trop inexpérimentée, cependant, pour oser lui poser des questions plus précises, et elle se borna à écouter le plus attentivement possible les notes qu'il avait prises en vue d'écrire une autre pétition.

Celle-ci parlait de la résorption des taudis et devait être distribuée à tous les hommes fortunés qui, espérait-il, allaient donner leur argent pour ses œuvres.

Bien qu'elle eût du mal à le formuler, elle sentait que ces pétitions étaient écrites dans un style trop autoritaire, et leur ton quasi dictatorial décourageait les sympathies au lieu de les faire naître pour la cause qu'il plaidait.

Elle se demanda si elle pouvait se permettre de suggérer qu'un ton conciliant réussirait probablement de manière beaucoup plus efficace à réunir les fonds dont il avait un besoin si urgent.

Mais elle se dit que lord Eustace ne demandait qu'une oreille attentive et une attitude laudative et non des critiques.

Bettina retrouva son abri favori à l'arrière du bateau et, bien que les vagues l'aient assaillie furieusement pendant qu'elle se faufilait sur le pont, l'eau n'avait fait que glisser sur son ciré.

Elle s'assit dans une position confortable, mais n'ouvrit pas son livre.

Elle se mit à regarder les mouvements de la mer, les rayons de soleil qui perçaient les nuages, et le spectacle était si beau qu'elle le compara à une peinture de Turner.

La haute mer lui donnait un sentiment de profonde liberté qu'elle n'avait ressenti nulle part ailleurs.

Elle avait trouvé particulièrement difficile d'être confinée dans son institution pendant toutes ces années, et même en période de vacances.

Son père ne lui avait jamais suggéré de revenir à la maison pendant les vacances, aussi était-elle toujours restée dans les bâtiments de l'école en compagnie de deux ou trois autres jeunes filles qui étaient très loin de chez elles, ou bien elle avait été invitée à passer quelque temps chez ses amies françaises.

Elle s'était beaucoup intéressée à la manière dont les Français vivaient, et avait même pu faire du cheval avec une de ses amies, ou aller à l'Opéra de Paris, et visiter des musées et des galeries d'art.

Les jeunes filles françaises menaient une vie très protégée, toujours accompagnées par un chaperon, ne prenant jamais part aux réceptions de leurs parents avant un certain âge, et Bettina avait parfois souffert amèrement de l'absence de ses parents.

Mais à présent que les choses changeaient enfin pour elle, voici qu'on lui proposait d'échanger une vie de recluse contre une autre.

Si jamais elle se mariait, comme son père semblait l'y pousser avec détermination, elle se trouverait alors sous l'autorité d'un mari qui se montrerait peut-être encore plus sévère que Mme de Vesarie.

La perspective de son avenir lui fit pousser un gros soupir, et au même moment, une voix retentit derrière elle :

– Alors c'est là que vous vous cachez donc! Je pensais bien avoir vu quelqu'un se glisser le long du pont, mais je ne pouvais croire que l'une de mes invitées pût se montrer aussi téméraire.

Elle leva les yeux et vit le duc qui se tenait devant elle. Involontairement, elle nota qu'il portait à merveille – comme tous ses vêtements d'ailleurs – une veste de marin garnie de boutons de cuivre, et une casquette à visière.

Il s'assit à côté d'elle et Bettina lui fit de la place sur l'étroite banquette.

Elle avait retiré son ciré, mais gardé le manteau, et le vent jouait avec les petites mèches de ses cheveux.

Elle ne fit aucun effort pour les ordonner et le duc songea qu'elle n'avait sans doute pas conscience de ressembler ainsi à une sirène.

– Pourquoi vous cacher ici? lui demanda-t-il.

– Je voulais contempler la mer, lui répondit Bettina. Elle est tellement majestueuse.

– Vous avez vraiment le pied marin!

– J'ai beaucoup de chance, dit Bettina en souriant.

– Tout de même, soyez prudente lorsque vous vous déplacez le long du pont, surtout lorsque le bateau roule de cette façon, lui recommanda le duc. Sinon vous pourriez être emportée par-dessus bord.

– Oh non! Pas avant que je n'aie assisté à l'inauguration du canal de Suez! s'exclama Bettina.

Il se mit à rire.

– Et après, cela n'aurait plus d'importance?

– Je... j'essaie de... de ne pas me préoccuper de l'avenir, répondit Bettina sans réfléchir.

– Comment, essayer? questionna le duc.

– Je ne puis rien faire d'autre.

Sa voix avait quelque chose de désolé, ce qu'il remarqua aussitôt. Il continua :

– Est-ce que vous vous plaisez ici?

– Comme jamais de toute ma vie! lui répondit Bettina. Votre bateau est merveilleux et il y a tellement à voir, à comprendre, à réfléchir.

– Et à quoi réfléchissez-vous donc?

Elle fut surprise de son intérêt.

Elle se tut un moment, puis se rendant compte qu'il attendait sa réponse, elle reprit :

– Ce matin, j'était en train de penser à l'arc-en-ciel que Ferdinand de Lesseps aperçut un jour et dont il fut convaincu qu'il lui porterait chance.

– Je ne me souviens pas de cette histoire, fit le duc. Racontez-la-moi.

– C'était au moment où il s'en retournait en Egypte, vingt ans après avoir conçu l'idée d'un canal, commença Bettina. Son ami, le prince Saïd, était entre-temps devenu vice-roi et l'accueillit comme un ami.

Le duc approuvait de la tête, comme s'il se souvenait personnellement de l'événement, et Bettina continua :

– Ce fut exactement le 15 novembre 1854 que M. de Lesseps se décida à faire part au vice-roi de l'idée du canal de Suez. Ils avaient établi leur camp en dehors des murs d'Alexandrie et, à 5 heures du matin, il se leva et sortit de sa tente.

Le duc écoutait attentivement.

– Les premières lueurs du soleil commençaient à poindre à l'horizon, mais, cependant, la journée s'annonçait nuageuse. Puis soudain quelque chose arriva!

– Qu'est-ce qu'il arriva? demanda le duc.

– Voilà qu'au lointain un arc-en-ciel éclatant se dessina d'est en ouest, lui répondit Bettina. (Elle esquissa un sourire et continua :) L'arc-en-ciel était exactement ce dont M. de Lesseps avait besoin pour se persuader que le jour qui venait de se lever était le plus beau jour de sa vie. Il s'habilla rapidement et à 5 heures du matin, enfourcha son pur-sang arabe pour galoper à travers le camp jusqu'à la tente du vice-roi.

Les yeux de Bettina s'étaient mis à briller pendant qu'elle parlait, comme si la scène se déroulait sous ses yeux.

– Une grande barrière avait été dressée devant la tente royale. Ferdinand de Lesseps, en cavalier accompli, la sauta tout simplement. Le vice-roi fut témoin de son exploit, ainsi que ses généraux, et tous crièrent leur enthousiasme et l'applaudirent.

– Les Arabes ont toujours beaucoup admiré les bons cavaliers, fit remarquer le duc.

– Je pense qu'il le savait aussi, répondit Bettina, et, lorsqu'il fut descendu de cheval, il s'avança d'un cœur confiant vers la tente du vice-roi.

– Cette histoire est très intéressante, dit le duc. Est-ce que vous croyez aux signes et aux présages?

– Oui, bien sûr!

Elle se tourna vers le duc et crut déceler une trace de cynisme sur son visage.

– L'histoire en est remplie, lui expliqua-t-elle. A commencer par l'Etoile de Bethléem.

Le duc se mit à sourire et toute trace de cynisme disparut de son visage.

– Je me disais l'autre jour, continua-t-elle, que presque tous les signes et présages se manifestent par des phénomènes lumineux : une étoile, un buisson ardent, un arc-en-ciel et, en fait, c'est la lumière qui émane des gens eux-mêmes, qui a été plus tard transformée par l'idéalisme chrétien en auréole.

Un court silence s'établit. Puis le duc dit très doucement :

– Peut-être est-ce cette lumière que nous cherchons tous.

Puis il se leva brusquement et disparut sans ajouter un mot.

Après son départ, Bettina se rendit compte que la conversation avait pris une tournure plutôt étrange, surtout avec un homme comme son hôte.

Elle se demanda si elle ne l'avait pas ennuyé. Puis elle comprit qu'elle ne l'avait pas ennuyé du tout mais, qu'au contraire, il l'avait traitée bien différemment des autres femmes du groupe.

Bettina avait assez d'intuition pour deviner que, s'il s'était trouvé seul avec lady Tatham, lady Daisy, ou une autre, celles-ci n'auraient pas manqué de le flatter, de flirter avec lui en lui décochant des œillades savantes se conduisant d'une manière qu'elle ne pouvait qualifier que de « délibérément provocante ».

« De toute façon, je ne sais pas comment m'y prendre ainsi, se dit-elle, et je n'ai fait que dire ce que je pensais. Peut-être n'aurai-je pas dû? »

Elle se sentait peu sûre d'elle et, pourtant, dans son incertitude, elle savait qu'il lui était impossible de se montrer différente de ce qu'elle était.

Elle se demanda si le jour viendrait jamais où elle serait enfin polissée et sophistiquée comme lady Daisy, ou délibérément provocante comme lady Tatham.

Puis elle se rappela que sa mère n'avait jamais été ainsi. C'était une femme douce, charmante, gentille, et qui savait parfaitement recevoir, au temps où ses parents pouvaient encore se le permettre.

Bettina sentait bien qu'elle était incapable d'attirer un homme avec les habituelles ruses féminines.

« Maman ne les aurait pas aimées », se dit-elle avec force, et cette pensée la rassura.

Au déjeuner, elle était la seule femme à table, bien que la tempête se fût un peu calmée et n'eût plus la violence de la nuit précédente ou de la matinée.

– Le vent tombe, fit remarquer le duc, et le capitaine vient de me dire que nous avons traversé le pire : bientôt nous gagnerons des eaux plus calmes.

– Je ne le croirai pas tant que nous n'aurons pas atteint Gibraltar, dit lord Milthorpe, et je peux bien vous le dire, Varien : en mer, j'ai toujours peur de me rompre une jambe en tombant.

– Si jamais cela arrivait, ne vous en faites pas, il y a quelqu'un à bord qui pourra s'en occuper parfaitement, répondit le duc, et sa remarque fut suivie d'un grand éclat de rire.

– Vous avez paré à toute éventualité, Varien, lui fit remarquer sir Charles.

– Je m'y efforce, répondit le duc, mais, pour épargner la jambe de George, je vous propose de vous asseoir aux tables de jeu. Je ne pense pas qu'aucun de vous – à part miss Charlwood – désire affronter les éléments.

– Miss Charlwood? s'enquit quelqu'un avec curiosité. Tous les regards convergèrent vers Bettina, qui se mit à rougir.

– J'aime bien... j'aime bien être sur le pont, dit-elle en quêtant une approbation du côté de son père.

Sir Charles sourit.

– Il n'y a rien de mal à cela, aussi longtemps que votre équilibre sera meilleur que celui de George.

– Rien ne me fera quitter la table de jeu, affirma lord Milthorpe avec force.

Sitôt le déjeuner terminé, les gentilshommes retournèrent dans le salon de jeu, et Bettina fit des prières pour que son père ne perde point.

Elle s'apprêtait à regagner sa cabine, lorsque la voix du duc s'éleva derrière elle :

– Miss Charlwood, cela vous amuserait-il de venir sur le pont?

– Avec joie! s'exclama Bettina. Avez-vous l'intention de m'y accompagner?

– Mon capitaine serait très heureux de faire votre connaissance, répondit le duc. Allez mettre un bon manteau parce qu'il fait froid dehors.

– Je sais bien, dit Bettina, mais je ne vous ferai pas attendre.

Elle courut jusqu'à sa cabine pour y chercher non

pas le manteau qu'elle avait porté le matin, mais une cape qui avait également appartenu à sa mère, agrémentée d'un capuchon bordé de fourrure.

Sa mère avait toujours été très belle avec de la fourrure encadrant son visage, et elle espérait que le duc la trouverait également jolie.

Elle se hâta, sachant que les hommes ont horreur d'attendre, mais lorsqu'elle arriva à l'endroit où elle pensait le retrouver, près de la porte qui donnait sur le pont, il n'était déjà plus là.

Son cœur fit un bond lorsqu'elle se rendit compte que lord Eustace était avec lui.

Elle avait l'impression que si une autre dispute éclatait, cela briserait définitivement l'enchantement de cette journée où tout avait été si différent de la tension et des chamailleries de la nuit dernière.

Mais elle s'aperçut à son grand soulagement que le duc et son demi-frère ne se querellaient point. Au lieu de cela, ils étaient étrangement silencieux, côte à côte, et Bettina eut le sentiment qu'ils l'attendaient tous les deux.

– Je vous cherchais, miss Charlwood, commença lord Eustace avant que le duc ait pu placer un mot, parce que je me disais que vous aimeriez m'entendre vous lire ce que je viens d'écrire ce matin.

Bettina lança un regard au duc, mais le visage de ce dernier n'exprimait rien qui pût être interprété et, comme il ne disait mot, Bettina répondit à lord Eustace :

– Vous me faites beaucoup d'honneur, bien sûr, mais ne pourrions-nous pas le lire un peu plus tard? Sa Grâce m'a promis de m'accompagner sur le pont et j'ai très envie d'y aller.

– Vous pourriez vous joindre à nous, Eustace, suggéra le duc.

– Non, merci, répondit Lord Eustace d'une voix désagréable. Je préfère attendre miss Charlwood dans le bureau.

C'était là qu'il lui avait lu ses textes la première fois.

– Je vous rejoindrai aussitôt que je serai libre.

Comme lord Eustace s'éloignait, Bettina se tourna vers le duc avec impatience :

– Je suis prête, la mer n'est pas trop mauvaise, je ne pense pas avoir besoin du ciré.

– Je me demandais comment vous aviez réussi à vous le procurer, lui fit remarquer le duc.

– En fait, il vous appartient, répondit-elle, ou plutôt il appartient au bateau.

– Je me disais bien que je l'avais déjà vu quelque part.

– Et je rends grâce une fois de plus à votre inégalable sens de l'hospitalité, dit-elle, les yeux empreints d'une certaine gravité.

– Je vois bien que vous essayez de me prendre en défaut, dit le duc, mais j'ai l'excuse de l'inexpérience, puisque ce voyage est en quelque sorte un « baptême » pour le bateau; par conséquent, je m'attends à recevoir une longue liste de suggestions, et je m'efforcerai d'en tenir compte pour le prochain voyage.

Tout en marchant sur le pont en compagnie du duc, Bettina se demandait s'il y aurait jamais pour elle une autre promenade comme celle-ci.

Elle avait l'intuition que si, selon le désir de son père, elle épousait lord Eustace, il resterait peu de chances pour qu'elle revît jamais le duc.

Elle était sûre que lord Eustace lui avait demandé de regarder ses nouveaux écrits pour l'empêcher d'être avec son frère.

Il était clair que les deux hommes n'avaient rien de commun, et Bettina était presque certaine que lord Eustace était en train de bouder parce qu'elle avait préféré aller sur le pont plutôt qu'écouter ses sermons.

« Il n'a encore aucun droit sur moi », se dit-elle.

Puis elle sentit son cœur se serrer à la pensée qu'elle serait obligée d'entendre jusqu'à la fin de sa vie des tirades sur la folie du luxe, qu'elle devrait se dévouer presque exclusivement à ceux qui vivaient dans ce qui lui semblait être, par contraste, un océan de tristesse.

« Je ne devrais pas penser de cette manière, se dit Bettina en se morigénant. Je dois me montrer pleine de compassion et de sympathie. »

Puis, comme ils arrivaient sur le pont, elle chassa lord Eustace et ses soucis de son esprit.

Tout ce que le duc allait lui montrer faisait partie d'un domaine merveilleusement nouveau, inconnu.

Le duc perçut son enthousiasme et la regarda comme si elle était une enfant que l'on emmène à un spectacle de marionnettes.

« Il est tout simplement merveilleux, se répétait-elle. Aussi merveilleux que... qu'un homme... et que ce qu'il possède! »

4

Bettina se réveilla très tôt ce matin-là, avec le sentiment étrange qu'un événement extraordinaire se préparait.

Ce 17 novembre était un mercredi, et il était très difficile d'imaginer qu'à Londres les premiers brouillards ou la première neige de l'hiver avaient déjà fait leur apparition, tandis qu'ici le soleil inondait le port de ses rayons dorés.

Chaque jour qui passait les avait rapprochés du canal de Suez, à travers la Méditerranée, et Bettina sentait grandir son impatience à mesure que se précisait la perspective des festivités.

Elle n'avait, en vérité, accordé que très peu d'attention aux faits et gestes des autres membres du groupe pendant la traversée.

Elle n'avait eu qu'une envie : regarder la Méditerranée déployer sa robe bleue de Madone, avoir le plaisir d'apercevoir de temps en temps le fin trait pâle d'une côte se découper au lointain, et, les derniers jours, voir se rapprocher petit à petit la terre d'Afrique.

C'était pour elle un tel enchantement que son visage rayonnait de bonheur et les gentilshommes sur le bateau la regardaient de temps en temps avec une expression attendrie, comme s'ils observaient la joie d'un enfant.

Bettina trouvait de plus en plus difficile d'écouter les récriminations de lord Eustace sur les taudis, et ses histoires déchirantes à propos des vieilles personnes que l'ont oubliait et des enfants dont on négligeait l'éducation.

Elle se reprochait son inattention chaque fois que le jeune homme lui parlait ou lui lisait un des textes qu'il venait d'écrire, et elle ne parvenait plus du tout à se concentrer sur ce qu'il disait.

« Il faudrait que je me sente un tant soit peu concernée, moi aussi », se disait-elle.

Cependant, un sentiment inconnu s'était emparé d'elle, qui la transportait de joie et lui donnait plutôt envie de chanter et de danser, de tendre les bras aux mouettes qui virevoltaient autour du bateau, ou aux marsouins que l'on apercevait parfois entre les vagues.

Il ne lui avait plus été possible de parler seule avec le duc – lady Daisy s'était chargée de rendre la chose impossible – jusqu'à l'avant-dernière nuit.

Ce soir-là, alors que les dames s'étaient retirées dans leurs cabines et que les hommes traînaient autour des tables de jeu, Bettina avait profité de l'inattention générale pour se glisser sur le pont.

Elle avait craint, tout d'abord, que lord Eustace ne l'aperçoive et ne décide de la suivre, et elle était restée dans l'ombre que formaient les superstructures, jusqu'à ce qu'elle ait atteint l'étrave du bateau.

Elle se pencha sur le bastingage, admirant l'eau qui était devenue phosphorescente et les étoiles qui brillaient d'un tel éclat que le ciel en semblait tapissé de lumière.

Elle demeura ainsi un long moment, profondément émue devant la beauté d'une telle vision, et son cœur lui murmurait qu'une telle splendeur lui était destinée, à elle seule.

Puis une voix qu'elle reconnut aussitôt se fit entendre derrière elle :

– J'avais le sentiment que je vous trouverais ici et que vous ne pourriez résister à la tentation de contempler un tel spectacle.

Elle ne tourna pas la tête, mais elle avait néanmoins une conscience aiguë de la présence du duc qui l'avait rejointe et s'était appuyé au bastingage, son épaule contre la sienne.

– Quelle merveille! dit-elle d'une voix douce.

– Qu'est-ce que cela signifie pour vous? lui demanda-t-il.

Elle ne répondit pas tout de suite et le duc rompit le silence le premier :

– La plupart des gens prétendent qu'un tel spectacle leur donne le sentiment d'être insignifiants et renforce leur impression de solitude.

Sa voix avait de nouveau un léger accent de cynisme, mais Bettina ne pouvait pas savoir que cette question anodine était en fait un piège, car c'était une de ces phrases qu'invariablement les jolies femmes, qui étaient en sa compagnie, se sentaient obligées de prononcer, afin de trouver le réconfort de ses bras, tandis que ses lèvres dissiperaient leur sentiment de solitude.

– Ce n'est pas du tout mon impression, répondit Bettina.

– Non?

– Ce que je ressens plutôt devant une telle beauté, dit-elle lentement, c'est un extraordinaire sentiment de gratitude pour ce privilège qu'est la vie.

Elle ressentit le besoin de s'expliquer plus en détail, car elle avait peur que le sens de cette phrase ne lui ait échappé.

– Les hommes de science pensent que ces étoiles que nous voyons sont autant de mondes habités, autant de planètes inconnues, et lorsque je pense à tout cela, je ne peux que me réjouir d'être en vie et de participer au grand mouvement de l'univers.

Tout en parlant, elle avait rejeté la tête en arrière et ses traits se découpaient avec une merveilleuse netteté sur la nuit et les étoiles semaient des fils d'argent dans ses cheveux.

Le duc ne bougeait pas, il se contentait de l'observer.

– Et cet infini ne vous donne pas le sentiment de n'être qu'une poussière insignifiante? lui demanda-t-il.

Bettina secoua la tête.

– Au contraire. Cela me rappelle plutôt l'histoire de l'homme qui s'était hasardé à demander à Bouddha le nombre de vies qu'il aurait encore à vivre – vous vous souvenez de l'histoire?

– Racontez-la-moi, pria le duc.

– Le Seigneur Bouddha, commença Bettina, était assis, un jour, sous un immense arbre banyan, détail à ne pas oublier car, vous le savez certainement, le banyan possède beaucoup plus de feuilles que n'importe quelle autre espèce d'arbre. Un homme s'approcha de lui et lui demanda :

« – Dites-moi, Seigneur Bouddha, combien de vies ai-je encore à vivre avant d'atteindre la sagesse éternelle?

« Bouddha réfléchit un moment, puis dit :

« – Autant qu'il y a de feuilles sur cet arbre banyan!

« – Si peu! s'exclama l'homme avec une expression de joie indicible. Comme c'est merveilleux! »

Le duc rit doucement.

– Si j'ai bien compris, vous vous attendez à vivre encore beaucoup d'autres vies, n'est-ce pas?

– Je pense sérieusement qu'il ne nous est possible d'apprendre que si nous avons un corps. C'est pourquoi le fait d'avoir un corps est un véritable privilège, répondit Bettina. C'est en tout cas ce que croient les bouddhistes, et cela me paraît être une explication logique de la manière dont nous progressons sur le plan spirituel, vers une vérité indivise.

– J'espère que c'est ce que nous faisons, dit le duc, si tel est notre but ultime.

Il s'éloigna aussitôt et elle ne se retourna pas pour le regarder partir. Son visage était encore tourné vers les étoiles.

Mais, ce matin-là, tout ce qu'elle demandait était un peu de soleil.

Elle avait craint de soudaines intempéries qui auraient gâché complètement les fêtes qui se préparaient mais, lorsqu'elle sauta de son lit pour regarder par le hublot, elle aperçut le ciel d'un bleu pur qui annonçait une journée claire et sans nuages.

La nuit dernière, ils avaient atteint Port-Saïd où des vaisseaux de tous pays affluaient à l'occasion du grand événement.

Le nouveau port de l'Egypte avait été construit

sur le côté méditerranéen de l'isthme de Suez, et Bettina regardait les innombrables navires qui y étaient amarrés.

Il y en avait au moins quatre-vingts au mouillage; chaque mât arborait une flamme de couleur différente, sur des bateaux venant de toutes les nations du monde, et les étoffes multicolores claquaient dans la brise légère.

Elle s'habilla rapidement et se dépêcha de monter sur le pont, de peur de manquer un instant du spectacle qui enthousiasmait tout le monde, même ce pauvre lord Eustace, malgré sa farouche détermination de ne goûter à rien.

Elle fut bientôt rejointe par d'autres personnes du groupe; quelques minutes avant 8 heures, un magnifique bateau noir aux flancs racés passa devant eux en arborant les couleurs de la France, et Bettina reconnut l'*Aigle.*

Elle y distingua une femme qui se tenait sur le pont, et identifia l'impératrice Eugénie et l'homme d'un certain âge qui se tenait à ses côtés, M. Ferdinant de Lesseps.

Ils traversèrent la haïe des autres bateaux et les canons du rivage se mirent à tonner, accompagnés par l'artillerie des bâtiments de guerre au mouillage.

L'impératrice sourit et agita son mouchoir devant la foule qui répondit par une clameur de triomphe et des applaudissements frénétiques.

Tout en essayant de se protéger les yeux du soleil éblouissant de l'Egypte, l'impératrice scrutait le rivage en direction de la foule en délire.

On y trouvait des soldats et des ouvriers égyptiens, des Bédouins et des représentants de la noblesse turque. Plus loin, la peau noire des Soudanais contrastait avec la pâleur des représentants de tous les pays d'Europe.

Les marins grecs se mélangaient aux ingénieurs français et aux marchands venus de Syrie, le voile des Touareg du désert rivalisait avec les caftans des Ukrainiens et les turbans émeraude des cheiks.

Soudain, l'air se remplit d'appels de sirènes. Les canons tonnèrent à nouveau et les orchestres navals des navires de guerre entamèrent à l'unisson une marche militaire.

L'atmosphère était devenue tellement électrique que le cœur de Bettina se mit à battre plus fort devant un tel déploiement de forces.

Devant la flottille qui escortait l'*Aigle* s'étendaient plus de cent kilomètres de désert silencieux tout au long de l'isthme de Suez, mais une nouvelle porte venait d'être percée, qui s'ouvrait sur la route des Indes et sur les richesses de l'Extrême-Orient.

A quinze minutes d'intervalle chacun, les bateaux firent leur entrée dans le canal de Suez. On leur avait ordonné de maintenir une vitesse de cinq nœuds et de laisser une distance d'environ un kilomètre entre chacun des vaisseaux.

En file indienne derrière le bateau de l'impératrice, venait tout d'abord François-Joseph, empereur d'Autriche-Hongrie, sur le *Greif;* puis la frégate du prince héritier de Prusse, suivie d'un yacht hollandais où se trouvaient le prince et la princesse de Hollande.

Le duc, observant les différents mouvements

depuis le pont du *Jupiter*, identifiait chacun des bateaux ainsi que les personnes qui s'y trouvaient.

Il montra du doigt le bateau russe du grand-duc Michel, qui était venu représenter le tsar, et souligna d'une remarque cinglante le passage du *Psyché* sur lequel avait pris place Mr Henry Elliot, ambassadeur britannique à Constantinople.

Le *Jupiter* se joignit immédiatement après à la procession et Bettina put enfin admirer le spectacle pour lequel elle se réjouissait tant.

Tout se déroulait comme dans une sorte de mirage fantastique, tous ces bateaux silencieux qui paraissaient traverser le désert, accompagnés dans leur lente procession par une double file de Bédouins en longue robe blanche massés sur les rives du canal.

Elle était agitée de sentiments tellement extraordinaires qu'elle ne savait comment les nommer, et elle était heureuse que tout le monde autour d'elle l'ait oubliée, dans l'agitation générale.

Peu avant 6 heures du soir, le bateau qui transportait l'impératrice Eugénie et M. Ferdinand de Lesseps s'engagea dans la baie de Fimsah.

Pendant la construction du canal, que le duc se mit à évoquer pour ses invités, les ouvriers avaient construit une ville sur les rives du lac de la côte Nord-Ouest. Ils la baptisèrent « Ismaïlia » en honneur du khédive d'Egypte, et l'endroit s'imposait pour y donner une réception.

Bettina pouvait admirer depuis le yacht les brillantes couleurs des bâtiments, surchargés d'ornements, sous la lumière rasante du soleil couchant, l'éclat des fleurs et des oriflammes.

Les lumières de la ville étaient autant d'étoiles dans la profondeur du crépuscule, et le décor se para soudain de la magie des « Mille et Une Nuits ».

– Le khédive a dû en avoir pour une fortune! s'exclama lord Milthorpe.

– Si mes renseignements sont exacts, rien que la réception lui a coûté plus d'un million et demi de livres sterling! répliqua le duc.

En entendant l'exclamation dégoûtée de lord Eustace, Bettina s'empressa de s'éloigner.

Tout était si merveilleux qu'elle n'avait aucune envie de voir son plaisir gâché par des esprits chagrins et obsédés par les chiffres. Elle devinait que lord Eustace saisirait la première occasion pour l'accabler avec le souvenir du sort des milliers d'Egyptiens qui étaient en train de mourir de faim pendant que se déroulaient ces festivités, et de l'argent dépensé qui aurait dû leur revenir.

Cette nuit-là, tous les navires qui avaient emprunté le canal jetèrent l'ancre le long des rives du lac.

Bettina eut beaucoup de mal à s'arracher au spectacle merveilleux de cette nuit où les bateaux se découpaient si gracieusement, tandis que les rives retentissaient de joyeuses musiques et des éclats de voix d'une foule en liesse.

Elle se coucha enfin, à contrecœur, car elle savait que la journée du lendemain allait être très chargée.

Comme le groupe animé par le duc n'avait pas quitté l'Angleterre à temps pour arriver avant le 17 – jour où les bateaux et les yachts devaient franchir le canal – elle apprit qu'ils avaient manqué le service religieux qui avait été célébré le jour précédent sur la plage, en présence de l'impératrice Eugénie.

– Ce fut une cérémonie, dit l'un des amis du duc qui venait d'arriver de l'étranger, comme il ne s'en est jamais célébré de semblable auparavant dans aucun pays d'Orient. Sur l'une des estrades, le grand Uléma a lu un simple discours, ponctué de coups de fusil, puis a terminé par une prière musulmane.

– Il devait avoir l'air très impressionnant, remarqua le duc.

– C'est exact, acquiesça son ami. Sur une estrade similaire, plus à droite, l'évêque d'Alexandrie, coiffé de sa mitre, célébra un *Te Deum* chrétien.

– Je suis désolé que nous l'ayons manqué, dit le duc, mais je ne me suis vraiment décidé à entreprendre ce voyage que lorsque j'eus appris que l'on avait refusé au prince de Galles l'autorisation de venir.

– Le khédive en fut extrêmement désappointé, répondit son ami, mais il a montré le plus grand enthousiasme à l'idée de vous accueillir.

– Je suis content de l'entendre, dit le duc, et du moins sommes-nous arrivés à temps pour assister à sa réception.

Une fois de plus, le ciel était clair et brillant et, tandis que Bettina se hâtait vers le pont, le port d'Ismaïlia offrait un spectacle encore plus fascinant que celui de Port-Saïd, le jour précédent.

Le nouveau palais du khédive avait été construit près du lac et dominait la ville.

Les bateaux de guerre avaient repris leur canonnade et l'air vibrait des appels des sirènes et de sifflets.

Le duc avait demandé à ses invités de se tenir prêts à se rendre à terre aussitôt après le petit déjeuner; en atteignant la terre ferme ils furent submergés de fleurs; des arcs de triomphe avaient été dressés un peu partout, et des arbres fleurissaient à l'envi.

Le duc fut accueilli par le khédive, et une vedette transportant Ferdinand de Lesseps et l'impératrice accosta juste avant midi; tous allèrent déjeuner, après quoi ils firent le tour de la ville.

L'impératrice était tout de jaune vêtue, le visage protégé par un grand chapeau de paille voilé de gaze, et Bettina la trouva charmante.

Les carrosses formaient une longue procession qui s'étirait le long des boulevards bordés d'arbres, entre une double rangée de soldats de la cavalerie égyptienne, les uns sur des chevaux blancs, les autres sur des chevaux bais.

Ils traversèrent ainsi la ville et atteignirent bientôt la plaine désertique qui s'étendait jusqu'aux portes d'Ismaïlia.

C'est là que, à la grande joie de Bettina, les trente mille Arabes, invités du khédive, avaient dressé un gigantesque campement.

Ils avaient monté leurs tentes aux rayures multicolores qui formaient un spectacle du plus heureux effet dans la nudité du désert, et ils y avaient rassemblé leurs femmes, leurs enfants, leurs chameaux et leurs troupeaux de moutons.

Le groupe qui accompagnait le duc rejoignit

l'impératrice ainsi que Ferdinand de Lesseps et l'empereur François-Joseph qui étaient assis avec les autres Altesses Royales sous les vélums d'une tente somptueuse.

Le duc semblait connaître chacun d'eux, très intimement, et l'impératrice eut pour lui un salut particulier. Bettina crut deviner une expression de tendresse dans ses doux yeux bruns lorsque celui-ci lui baisa la main.

– J'avais le sentiment que Votre Grâce serait au rendez-vous, lui dit-elle avec son plus charmant sourire.

– Comment aurais-je pu rester en Angleterre en sachant que Votre Majesté serait l'invitée d'honneur? lui répondit le duc.

Elle le regarda puis se mit à rire. Il rejoignit ses invités que l'on avait placés auprès de la princesse Sophie de Hollande et du prince héritier Frédéric de Prusse.

Ils étaient tous en grande conversation avec le duc et le père de Bettina, mais cette dernière se contentait de jeter un regard admiratif sur les tapis luxueux que l'on avait déroulés sur le sable et qu'ils foulaient aux pieds, sur les plateaux de cuivre repoussé, posés sur des trépieds de bois, chargés de café, de dattes et autres exquises douceurs.

Elle ne se lassait pas de regarder les chefs arabes évoluer dans leurs longues robes de laine blanche tandis qu'à leur taille brillaient les joyaux de leurs poignards.

Soudain, l'un d'eux fit un signal, en levant haut son bras, et le devant de la tente d'apparat disparut tout à coup sous le nombre des cavaliers arabes.

Ils passèrent en galopant, les grandes ailes de leurs robes flottant au vent, et faisant feu de leurs carabines. Ils soulevaient de grands nuages de sable, et la poussière ne s'était pas encore dissipée que déjà l'on annonçait le départ d'une course de dromadaires montés par des Arabes vociférants qui devaient guider leur monture sur huit kilomètres.

Puis vint le tour des terribles derviches du Soudan, qui avaient fait le voyage pour le seul plaisir des invités du khédive.

Certains poussaient l'habileté jusqu'à tenir des charbons ardents entre leurs dents, d'autres avalaient des scorpions vivants.

Les fakirs entrèrent en scène, avec tout leur attirail de tours de magie; Bettina perdait le souffle devant tant de mystères.

Il leur fut difficile de s'arracher aux mille tentations qu'offrait la diversité sans cesse renouvelée de ce spectacle, mais il leur fallait regagner le yacht pour se rafraîchir et s'habiller afin d'assister à la réception offerte par le khédive en son Palais.

Au moment où le groupe des invités atteignait le port, le ciel s'illumina sous les feux de Bengale qui retombaient en pluie chatoyante sur la ville, tandis que des fusées lumineuses s'élançaient dans la nuit, faisant éclater de nouvelles étoiles dans le firmament.

Rose attendait Bettina pour l'aider à passer sa robe du soir blanche, après un bon bain, dont elle avait le plus grand besoin, car la poussière du désert les avait tous recouverts d'une fine pellicule dorée.

C'est avec un léger soupir que Bettina regarda la

robe simple, quoique fort jolie, qu'elle s'était achetée à Londres.

Persuadée que lady Daisy et les autres dames s'étaient parées d'atours qui les rendraient semblables à des oiseaux de Paradis, elle se dit que, par contraste, son père et peut-être même le duc trouveraient son apparence trop modeste.

– Je suppose que les dames porteront toutes des bijoux, dit-elle à Rose.

– Bien sûr, miss, répondit Rose. Sa Grâce a prêté la tiare des Alveston à lady Daisy, on dirait presque une couronne. (Elle observa un silence, puis elle dit en réprimant un sourire :) Lady Tatham, quant à elle, porte les émeraudes des Alveston.

« Et moi qui n'ai même plus le diamant étoilé de maman », se dit Bettina désappointée.

On frappa à la porte, et Rose revint avec, dans les mains, un bouquet des mêmes orchidées étoilées qu'elle avait portées lors de sa première soirée en mer.

– C'est pour moi? lui demanda-t-elle.

– Avec les compliments de Sa Grâce, miss.

– Quelle merveille! s'écria Bettina. Voilà exactement ce qu'il me fallait. Rose, est-ce que vous pourriez me les fixer dans les cheveux?

Non seulement put-elle en orner ses cheveux, mais il y en avait suffisamment pour faire un petit bouquet qu'elle accrocha sur sa robe et, tout d'un coup, Bettina se rendit compte que ces fleurs étaient bien plus chatoyantes que des bijoux et lui donnaient un éclat inhabituel.

Lorsqu'elle pénétra dans le salon où tous s'étaient donné rendez-vous avant de descendre à terre, elle remarqua les yeux du duc fixés sur elle et elle se dirigea immédiatement de son côté.

– Je vous remercie infiniment pour les orchidées, lui dit-elle. C'est tellement gentil de penser à moi, et je me rends bien compte de la différence flatteuse que ces fleurs ont donnée à mon apparence.

– Elles sont comme vous, dit-il doucement, mais c'est à peine si vous en avez besoin, car vos yeux brillent autant que les étoiles que nous regardions ensemble l'autre soir.

Elle le regarda, tout étonnée de ce compliment soudain. Puis lady Daisy fit une entrée triomphale dans le salon, parée de diamants étincelants, et Bettina vint se mettre à côté de son père.

– Vous vous amusez, ma chérie? lui demanda-t-il.

Et il lut la réponse qui éclatait sur son visage, sans qu'elle eût besoin d'exprimer ce qu'elle ressentait.

Construit sur les ordres du khédive en moins de six mois, le palais était entouré de jardins, où les fleurs poussaient à profusion, et l'on y avait fait dresser un pavillon où plus de mille personnes pouvaient s'attabler.

Les palmiers étaient garnis de lanternes chinoises et des chandeliers de cristal étincelant étaient disposés dans chaque pièce.

Des chaises dorées entouraient des tables à plateau de marbre, et des peintures de prix – dont certaines venaient de France – avaient été accrochées aux murs.

Le service était assuré par un millier de serviteurs en livrée écarlate et perruque poudrée, et sir

Charles apprit à Bettina que cinq cents cuisiniers s'étaient occupés du dîner.

Il leur fut très difficile d'atteindre le palais en carrosse, car la foule de badauds qui regardaient les évolutions des danseurs, jongleurs et autres musiciens, bloquait le passage des voitures.

Dans l'enceinte du palais régnait la même confusion. Les salles étaient pleines à craquer, et il était difficile de bouger et même de respirer.

Bettina avait trouvé les décorations que le duc arborait sur son habit de soirée très impressionnantes, mais devant celles que portaient les diplomates et la splendeur des chefs aux cimeterres ornés de pierreries, elle resta sans voix.

L'impératrice fit son entrée peu avant minuit, plus jolie que jamais dans une robe du soir en satin cerise constellée de diamants, ses cheveux sombres rehaussés par l'éclat d'une couronne scintillante.

Le groupe dont le duc avait la charge se trouvait par bonheur dans la salle à manger royale, sans quoi ils n'eussent guère trouvé à manger ou à boire comme ce fut le cas pour la foule qui se pressait dans le grand pavillon.

Il était évident que Ferdinand de Lesseps était la personnalité la plus recherchée.

Bettina eut une pensée pour Mme de Vesarie, car la directrice française aurait été dans tous ses états à la pensée de pouvoir peut-être serrer la main du grand homme et de le féliciter pour l'œuvre qu'il venait d'achever.

– Merci, merci, ne cessait-il de répéter, merci mille fois.

Et parce qu'à soixante-quatre ans, ses cheveux

d'un blanc éclatant lui donnaient davantage l'apparence d'un bon grand-père, il était difficile de s'imaginer toutes les souffrances par lesquelles il avait dû passer, sans parler de l'opiniâtreté dont il avait fait preuve afin de réaliser son vieux rêve.

– Quand je pense qu'il a consacré toute sa vie à la construction de ce canal, dit Bettina.

Cette réflexion s'adressait plutôt à elle-même, c'est pourquoi la voix de lord Eustace la fit sursauter :

– C'est très certainement un succès, lui répondit-il, mais il est gâché, à mon sens, par toute cette extravagance. Est-ce que vous vous rendez compte que vingt-quatre plats nous ont été servis au cours de ce dîner, et que pendant que nous sommes assis à ce banquet, il y a au moins un quart de la population au-dehors qui est sous-alimentée?

– Je sais et c'est épouvantable! dit Bettina. Mais de grâce, n'en parlez pas ce soir. Je ne veux me souvenir que de l'extraordinaire beauté de cette réception, de ces candélabres imposants éclairant les tables, de tous ces joyaux, de toutes ces fleurs, et, par-dessus tout, de la joie rayonnante que l'on peut lire sur le visage de M. de Lesseps.

– Le khédive cessera bien vite de sourire quand il s'apercevra qu'il a mené son pays à la banqueroute, remarqua lord Eustace d'un ton acerbe.

Bettina ne put en supporter davantage et prit le parti de se tourner vers le gentilhomme qui était assis de l'autre côté et qui ne tarissait pas d'éloges à son égard tout en semblant prêt à acquiescer à tout ce qu'elle dirait.

La soirée se termina trop tôt au goût de Bettina

et, lorsque tous eurent regagné le yacht, le duc leur précisa qu'ils ne se joindraient pas au convoi qui devait atteindre la Mer Rouge et qu'ils reprendraient la mer vers l'Angleterre dès le lendemain.

– Je pense que nous aurons souvent l'occasion d'emprunter ce passage dans l'avenir, dit-il. Est-ce que vous vous rendez compte qu'à présent il nous faudra à peine dix-sept jours pour atteindre l'Inde, alors que, dans le passé, quatre mois étaient nécessaires?

– C'est vraiment fantastique, acquiesça lord Milthorpe. Mais il est fort possible que du même coup le monde nous paraisse trop petit et que nous nous lassions rapidement.

– George, vous êtes tellement pessimiste! dit le duc sur un ton taquin. Ou peut-être est-ce à cause de votre paresse que vous n'aimez que les choses qui prennent du temps?

Tout le monde éclata de rire à cette répartie, mais, tandis que le yacht du duc s'éloignait lentement de Port-Saïd, Bettina en profita pour jeter un dernier regard en direction du désert et prier qu'un jour elle revoie cet endroit.

Le lendemain, tout le monde ne s'était pas couché avant l'aube. Une fois de plus, la faute en revenait à lady Daisy et à lady Tatham, qui avaient encore eu des prises de bec.

Une dispute violente avait éclaté à propos de quelque remarque dont personne ne put se souvenir par la suite, et il en avait résulté une vraie bagarre de chats sauvages.

Après le dîner, Bettina se faufila sur le pont afin d'admirer le port de Suez où le bateau venait de jeter l'ancre.

Il n'y avait plus la foule de l'inauguration, mais cinq cuirassés britanniques étaient encore amarrés et les bateaux lancèrent une salve d'honneur lorsque l'*Aigle* fit son apparition.

Avec toutes leurs lumières se reflétant dans l'eau, ils avaient fière allure, les étoiles tapissaient le ciel, tandis qu'une lune à son premier quartier montait à l'assaut du firmament.

L'atmosphère était très romantique et Bettina se surprit à se demander quels seraient ses sentiments lorsqu'elle se trouverait dans des circonstances semblables avec l'élu de son cœur.

« Et l'amour, qu'est-ce? » songeait-elle. L'amour que sa mère avait pour son père, l'amour dont elle rêvait de connaître un jour les secrets?

Elle frissonna tout à coup.

Elle savait déjà que, si elle épousait lord Eustace, comme son père en avait décidé, elle ne connaîtrait jamais cet amour spirituel et total qu'elle cherchait, et qu'elle ne goûterait jamais l'extase qu'elle devinait exister entre un homme et une femme avant qu'ils ne se marient.

« Comment pourrais-je jamais ressentir cela avec lui? », se demanda-t-elle.

Chaque fois qu'il s'approchait d'elle pour lui lire une de ses déclarations, elle avait envie de fuir, instinctivement.

Et si, par hasard, il effleurait sa main, elle ne pouvait s'empêcher d'éprouver une sorte de répugnance qu'elle essayait bien de cacher, mais qu'elle ne pouvait se dissimuler, si elle voulait rester honnête envers elle-même.

– Comment pourrais-je jamais trouver la force de

me marier avec lui? Oh! Maman, ma chère maman, dites-moi comment?

Et elle levait ses yeux remplis d'angoisse vers les étoiles.

Le bateau semblait à présent s'être considérablement éloigné, et elle eut froid malgré la douceur de la nuit.

Un étrange découragement s'était soudainement emparé d'elle.

« Je suis fatiguée, voilà tout, pensa-t-elle. Demain je me sentirai beaucoup mieux. »

Mais ces mots ne lui apportèrent aucun réconfort.

Elle regagna sa cabine et Rose entra bientôt pour l'aider à se déshabiller.

Bettina s'aperçut immédiatement que la jeune servante avait pleuré. Ses yeux étaient tout rouges et gonflés par les larmes, et son visage, d'ordinaire si souriant, reflétait à présent la tristesse la plus profonde.

– Qu'avez-vous, Rose? lui demanda Bettina.

– Rien, miss.

– Ce n'est pas vrai, reprit Bettina. Vous êtes malheureuse et je tiens à savoir pourquoi.

– Il ne m'est pas... pas possible de vous le dire, miss, répondit Rose.

Elle éclata tout d'un coup en sanglots et sortit un mouchoir de son tablier pour y cacher son visage.

– Je n'aime pas vous voir ainsi, lui dit Bettina. Je vous en prie, Rose, dites-moi ce qui ne va pas. Est-ce que l'on vous a annoncé la mort d'une personne chère?

– Ce serait... aussi... bien, réussit à articuler Rose.

– Mais nous n'avons reçu aucun courrier d'Angleterre, lui fit remarquer Bettina. Le duc nous le disait encore ce matin, donc ce ne sont pas des mauvaises nouvelles de chez vous qui ont pu vous mettre dans cet état.

– Ce n'est pas cela... miss, et vous... vous ne pouvez pas m'aider, lui répondit Rose entre deux sanglots. Personne ne peut m'aider!

Bettina s'assura que la porte de la cabine était bien fermée. Puis elle revint vers la servante et lui dit :

– Ecoutez-moi, Rose, tout ce que vous jugerez bon de me dire sera placé sous le sceau du secret, je vous promets que cela ne sera répété à personne mais, de grâce, dites-moi la cause de votre chagrin, car je ne supporte pas de vous voir malheureuse.

– C'est... c'est Sa Seigneurie, miss, dit Rose en redoublant de sanglots.

– Sa Seigneurie? s'enquit Bettina.

– Lord Eustace.

– Qu'a-t-il fait? Comment a-t-il bien pu vous faire du tort? lui demanda Bettina.

– Il nous a aperçus, Jack et moi, miss, et vous ne pourriez croire toutes les horreurs qu'il nous a criées.

– Jack? Quel Jack? s'enquit Bettina.

– Oh, miss, je l'aime, et il voudrait m'épouser. Enfin il me l'a promis. Nous avions fait des projets pour nous fiancer dès que nous aurions regagné l'Angleterre, et nous aurions mis nos familles au courant, mais, maintenant, tout cela est impossible... impossible.

– Je ne comprends pas, dit Bettina. Expliquez-moi tout depuis le début, Rose, et n'omettez aucun détail.

Rose essaya de se ressaisir, essuya ses yeux, mais les larmes continuaient à couler le long de ses joues.

– J'ai eu tout de suite un faible pour Jack dès le moment où je suis montée à bord, miss.

– Qui est-il? lui demanda Bettina.

– C'est l'un des marins affectés au bateau, miss, et il est tellement gentil. Il m'a dit qu'il m'a aimée dès qu'il m'a vue... tout comme... tout comme je l'aime.

Elle avait la voix entrecoupée de sanglots. Bettina laissa passer un silence, puis elle reprit :

– Continuez. Dites-moi ce qui s'est passé.

– Eh bien, nous parlons chaque soir ensemble, et il n'a jamais fait aucune suggestion déplacée... rien de... mal... et il... il n'a jamais essayé quoi que ce soit... ni même... ni même de m'embrasser. Comme un gentilhomme, il s'est conduit, parfaitement! (Rose s'arrêta de parler, puis elle reprit avec plus de difficulté :) Jusqu'à ce soir... enfin... j'étais... j'étais avec lui... sous... sous les étoiles, et... et il m'... m'a dit : « Je voudrais vous épouser, Rose, vous le savez bien, dès que nous aurons mis un peu d'argent de côté », et j'ai dit : « Oh Jack! » C'était tout ce que j'espérais, tout ce que j'avais tellement souhaité qu'il dise! (Rose reprit son souffle et continua :) Il... il a mis son bras autour de mes épaules et il m'a embrassée – et c'était bien la première fois qu'il me touchait, je le jure, miss... je le jure!

– Je vous crois, Rose, dit Bettina, et je ne vois rien de répréhensible dans le fait qu'il vous ait embrassée alors que vous vous étiez promis l'un à l'autre.

– C'est aussi mon humble avis, miss, mais lord Eustace nous a vus et je ne saurais vous répéter toutes les injures qu'il nous a dites! Il a accusé Jack de toutes sortes d'horribles choses et il a dit qu'il allait parler au capitaine demain matin et faire en sorte que Jack soit renvoyé lorsque le bateau arrivera en Angleterre.

Rose éclata en sanglots encore plus désespérés, et Bettina réussit à comprendre ses derniers mots à travers ses hoquets.

– Et... et il a dit que... qu'il en parlerait à la gouvernante en chef, à la maison, à propos de ma conduite, et que... que je serais renvoyée sans références. Et cela veut dire que... je ne... me marierai jamais avec Jack parce que... je ne trouverai jamais de travail, sans références.

– Je n'ai jamais rien entendu de plus choquant! s'exclama Bettina. Est-ce que vous avez dit à Sa Seigneurie que vous étiez fiancés?

– Il ne voulait rien entendre, miss. Il n'arrêtait pas de faire des déclarations outrageantes, prenant Jack à partie et me traitant comme si j'étais... une femme déchue, et je ne le suis pas, je vous le jure, miss.

Rose se couvrit le visage de ses mains et ses pleurs redoublèrent.

Bettina lui entoura les épaules de ses bras.

– Ne vous en faites pas, Rose, lui dit-elle. Ne pleurez pas. Je vais arranger tout cela, je vous le promets.

– Cela ne servira à rien d'en parler à Sa Seigneurie, miss, parce qu'une fois qu'il est décidé à faire quelque chose, croyez-moi, rien ne l'arrête!

– Qu'est-ce que vous voulez dire par là? demanda Bettina.

– C'est comme ça qu'il a décidé de faire déménager ma vieille grand-maman de sa maison située sur les terres des Alveston à Kensal Green. C'est là qu'elle a vécu toute sa vie durant. Et qu'elle aimait bien cet endroit, disait-elle; elle avait tous ses amis autour d'elle. Mais lord Eustace décida que la maison était insalubre et donna l'ordre qu'on l'abatte.

– Mais, enfin, il n'a quand même pas réussi à la faire déménager? lui demanda Bettina.

– Si, miss, il y est parvenu. Il y a mêlé des représentants officiels et ils l'ont jetée dehors.

– Dans la rue? s'exclama Bettina avec horreur.

– Oh non, miss! Quand même pas jusque-là! Ils lui ont trouvé une autre maison quelque part ailleurs dans le domaine. Mais elle n'y a jamais été heureuse. Il y a tous ses amis et les boutiques qu'elle connaissait là-bas qui lui manquent. Et maintenant elle s'en va doucement. Cela ne me surprendrait pas de la retrouver morte à mon retour. (Rose s'arrêta de parler un moment. Puis, dans un nouvel accès de larmes, elle réussit à articuler :) Et voilà ce que je serai! Je préférerai plutôt mourir si je ne peux pas épouser Jack! Et si je perds ma place et que Jack n'a plus de travail non plus, qu'est-ce qu'il nous reste comme chance? Aucune! Aucune!

– Rose, calmez-vous. Je vous promets que tout ceci n'arrivera pas, lui dit Bettina.

Elle avait envie de lui dire que si ses propres

démarches échouaient, elle demanderait à son père d'employer Rose et de trouver un travail pour Jack, mais elle savait trop bien qu'il n'y aurait pas d'argent pour payer la pauvre fille, et elle se mit à réfléchir à une autre solution.

– Je ne sais pas bien comment vous pouvez m'aider, miss, mais c'est très gentil de votre part de le faire, et vous savez fort bien que je ne devrais pas raconter mes histoires à une dame comme vous.

– Une dame comme moi a le devoir de vous prêter assistance, dit Bettina d'un ton résolu, et c'est exactement ce que je vais faire.

Rose aida la jeune fille à se déshabiller et, lorsque la servante quitta la cabine, Bettina ajouta :

– Rose, promettez-moi que vous allez essayer de dormir. Si vous en avez la possibilité, envoyez un message à Jack pour lui dire que je vais essayer de tout arranger pour vous deux. Je pense qu'il doit être bien malheureux, lui aussi.

Rose fut tellement bouleversée par le nom de Jack qu'elle ne put trouver des mots pour la remercier.

Bettina avait de la peine à s'imaginer qu'avec tous ses discours sur les déshérités, lord Eustace puisse se montrer à ce point insensible au malheur des autres.

Cependant, le fait d'avoir écouté ses discours et de les avoir trouvés trop autoritaires et souvent trop longs lui donnait la possibilité de comprendre la raison pour laquelle lord Eustace ne voulait pas entendre le point de vue de Rose et de Jack : ceux-ci avaient dû très certainement le lui expliquer fort mal.

C'était une habitude quasi générale, que les servantes n'aient pas de soupirants.

Mais les employeurs soucieux du bien-être de leur domesticité, comme sa mère par exemple, avaient toujours permis ce genre de choses, à condition bien sûr que les deux jeunes gens fussent réellement promis l'un à l'autre, ou qu'il fût reconnu parmi le personnel qu'ils « sortaient ensemble ».

« Je suppose que lord Eustace s'imaginait qu'il ne s'agissait que d'une « romance de croisière », se dit Bettina, essayant de lui trouver des excuses.

Mais elle était certaine, car elle aimait Rose et avait confiance en elle, que lord Eustace en avait tout de suite conclu que la servante se conduisait de manière licencieuse.

Rose était une fille extrêmement correcte dont le père était garde-forestier sur les terres des Alveston.

Elle avait raconté à Bettina qu'elle avait été très fière d'avoir été choisie pour être au service des invités du duc pendant la croisière.

Mais elle avait aussi ajouté très honnêtement que la raison principale de son départ venait du fait que les autres servantes étaient soit trop âgées, soit trop effrayées par la perspective d'un voyage en mer.

« Elle n'avait pas besoin de me le dire », se disait Bettina à présent, et c'était une raison supplémentaire de la confiance qu'elle portait à Rose.

Cette histoire la tracassait et elle ne parvint pas à trouver le sommeil.

L'aube commençait déjà à colorer le ciel quand elle s'endormit enfin et ne se réveilla que fort tard dans la matinée; le bateau avait déjà quitté le port et voguait sur les eaux de la Méditerranée.

C'est alors qu'elle se décida à agir. La meilleure des choses à faire était d'aller trouver directement le duc.

« Je vais lui dire exactement ce qui est arrivé, se dit-elle, et je suis sûre qu'il ne laissera pas lord Eustace commettre une telle injustice à l'égard de son personnel. »

Elle s'habilla avec un soin particulier et choisit une des robes d'été qui avaient appartenu à sa mère.

Le vert très pâle du tissu lui donnait un air printanier et juvénile à la fois.

Afin de se donner du courage, elle prit une des orchidées qu'elle avait portées la nuit précédente et l'épingla sur le col du corsage de la robe, ainsi qu'elle l'avait fait lors de sa première matinée à bord.

Comme elle s'y attendait, aucune de ces dames n'avait encore quitté sa cabine, mais elle entendait des voix d'hommes qui lui parvenaient de la salle à manger où les invités prenaient leur petit déjeuner.

Elle se dit que le duc ne se trouverait sûrement pas avec eux. Elle savait qu'en général il profitait des premières heures de la matinée pour prendre de l'exercice en arpentant le pont.

Elle sortit et l'aperçut effectivement à la poupe.

Pensant qu'il était en train de faire le tour du navire, elle s'apprêtait à marcher dans sa direction, mais il dut changer d'avis au dernier moment car elle se heurta à lui.

Elle poussa un petit cri de surprise et, la retenant des deux mains, le duc lui dit :

– Vous me semblez être bien pressée, miss Charlwood, ou bien fuyez-vous quelqu'un?

– Je vous cherchais, Votre Grâce, balbutia Bettina.

– Eh bien, vous m'avez trouvé, dit le duc en souriant.

– Il faut que je vous parle, dit Bettina.

Elle sentit son cœur battre furieusement et songea que c'était parce qu'elle avait couru.

Le duc l'examina un instant et lut une expression d'anxiété dans les grands yeux gris.

– Je suis prêt à vous écouter, dit-il.

Bettina regarda autour d'elle. Un banc de bois était encastré dans les superstructures placées juste derrière eux, et l'on pouvait s'y asseoir à l'abri du vent tout en regardant l'écume jaillir de l'hélice.

– Si nous nous asseyions? lui demanda-t-elle.

– Pourquoi pas? répondit le duc.

Ils s'assirent; Bettina se mit légèrement de côté et joignit les mains.

– Vous devez trouver bien étrange, commença-t-elle en hésitant, que je puisse... enfin... que je vous dérange pour... un motif aussi... qui peut paraître aussi banal.

– Je ne pense pas que vous vous occupiez de choses sans importance, miss Charlwood.

Le duc parlait d'une voix aimable, mais Bettina se dit qu'il avait un tel air de grandeur, et une telle distinction, qu'il allait probablement rire de la triste histoire de Rose et de Jack, sans compter qu'il trouverait certainement la jeune fille bien présomptueuse de venir lui en parler sans plus de façons.

Ses doigts se serrèrent et elle réussit à articuler, après un court instant de silence, d'une toute petite voix :

– La nuit dernière... Rose... c'est-à-dire la servante qui s'occupe de moi... eh bien, elle semblait... extrêmement malheureuse.

Elle s'attendit que le duc lui réponde que le sort de ses servantes lui importait peu, mais il semblait au contraire l'écouter avec beaucoup d'attention; Bettina continua donc :

– Elle était en larmes et j'ai réussi à lui faire avouer la cause de son chagrin. Elle me dit que... que c'était à cause de ce que lord Eustace avait fait.

– Eustace!

Le duc avait répété le nom de son demi-frère avec une note incrédule dans la voix.

Il s'attendait à tout, mais cette introduction l'avait totalement surpris. Bettina se rendit compte enfin de l'équivoque contenue dans ses paroles, et de l'impression fausse que celles-ci avaient pu produire sur le duc.

– Non, non! s'empressa-t-elle de rectifier. Il ne s'agit pas de ce que lord Eustace aurait pu faire personnellement à Rose. Ce... ce n'est pas cela du tout.

– Qu'a-t-il fait alors?

Avec beaucoup d'hésitation et de maladresse, du moins est-ce ainsi que Bettina le ressentait, elle lui fit le récit de ce qui était arrivé à Rose.

Lorsqu'elle fut arrivée à la fin de son histoire, elle n'osa lever les yeux vers le duc, mais elle se contenta de dire avec un accent de sincérité passionnée :

– J'ai confiance en Rose. Je suis certaine qu'elle n'est pas... comme cela. C'est une brave fille et nous avons souvent parlé de toutes sortes de choses pendant qu'elle m'habillait. Je m'en serais rendu compte, si elle avait été le... le genre de fille que lord Eustace l'accuse d'être.

Le duc ne disait toujours rien.

Le pli de sa bouche était devenu amer et elle comprit à quel point il était courroucé.

– Je vous ai mis en colère! s'exclama-t-elle. Oh! s'il vous plaît, croyez bien que je n'ai pas cru mal faire en m'adressant à vous, mais je n'avais pas envie de le dire au capitaine, et je trouve qu'il ne faudrait pas faire attendre la pauvre Rose pendant toute la traversée, parce qu'elle croit ferme à son renvoi à notre arrivée.

– Vous avez tout à fait bien agi en me faisant part de tout ceci, dit le duc, et je ne suis absolument pas en colère contre Rose ni contre son jeune promis.

Bettina poussa un gros soupir de soulagement.

– Vous les comprenez. Je... j'en étais sûre.

– Pourquoi en étiez-vous si sûre? lui demanda le duc.

– Parce que vous ne vous montrez pas aussi intolérant et aussi autoritaire que...

Elle s'arrêta aussitôt, pensant qu'il était mal élevé de parler de la sorte de lord Eustace.

– Les « hommes-de-bien » dans le monde, dit le duc après un moment de silence, sont parfois d'incroyables balourds.

– Ils croient bien faire, dit rapidement Bettina, désireuse de rattraper ce qu'elle avait commencé à dire sur lord Eustace.

– Autrement dit : « ils nous envoient en enfer à force de prières », fit le duc.

Bettina exhala un léger soupir.

– En vérité, je crois qu'il y a des gens qui s'imaginent être obligés de rappeler aux autres ce qu'est le bien et le mal et ils oublient de prendre en considération les sentiments et les penchants de ceux dont ils s'occupent.

Tout en parlant, elle pensait à ce qui était arrivé à la grand-mère de Rose, et le duc répondit :

– C'est exactement mon opinion, miss Charlwood. (Il observa un instant de silence avant d'ajouter :) ... Auriez-vous la bonté de me laisser le soin de régler moi-même ce problème? Je vous promets qu'il sera résolu, et que, quoi qu'il arrive à vos protégés, Rose et Jack auront la possibilité de s'unir par les liens du mariage, si tel est leur plus cher désir.

Bettina le regarda avec des yeux qui brillaient de joie.

– Est-ce bien vrai? Oh merci, Votre Grâce! Je sentais bien que vous seul pourriez comprendre... J'en étais sûre... et vous ferez deux heureux, soyez-en certain.

Le duc la regarda, et posa une main sur les siennes :

– Laissez-moi faire, dit-il. (Puis il se leva et s'en alla.)

Bettina courut à sa cabine d'un cœur léger.

Rose était en train de faire son lit quand elle entra, et Bettina s'élança vers la jeune servante et lui mit les bras autour de ses épaules.

– Tout va bien, Rose! Tout s'est très bien passé et

vous pourrez vous marier avec Jack comme vous le désirez!

– Qu'est-ce que vous dites, miss?

– J'ai parlé au duc et il m'a assuré qu'il veillerait à tout personnellement. Oh! Rose, il a été si gentil, si merveilleux!

– Est-ce vraiment ce qu'il vous a dit, miss? demanda Rose.

– Oui, c'est vrai. Vous n'avez plus à vous faire de souci, lui répondit Bettina.

– Oh, miss...

Rose fondit en larmes, mais, cette fois, c'était des larmes de joie.

En quittant Bettina, le duc se dirigea vers le fumoir où il pensait trouver son demi-frère, mais la seule personne présente était sir Charles dont le visage d'ordinaire si serein trahissait une certaine préoccupation.

– Que se passe-t-il, Charles? lui demanda le duc.

– J'ai fait un pari complètement stupide avec Downshire, hier soir, répondit sir Charles, pour me rendre compte ce matin que j'avais perdu.

– Je vous avais prévenu de ne pas le provoquer, dit le duc. Il fait partie de ces gens qui s'arrangent toujours pour être gagnants en dernier ressort.

– Vous avez raison, Varien. Comme toujours, dit sir Charles en soupirant.

– Est-ce que vous avez vu Eustace, ce matin?

– Je crois qu'il est en train de prendre son petit déjeuner.

Un serviteur entra pour disposer des cendriers en argent dans la pièce.

– Veuillez demander à lord Eustace de venir me rejoindre ici, lui ordonna le duc, et ne reparaissez pas avant que je vous en aie donné l'ordre.

– Très bien, Votre Grâce.

– Si vous avez envie de parler seul à seul avec Eustace, je peux me retirer, dit sir Charles.

– Non, Charles, restez, lui répondit le duc. Je veux au contraire que vous assistiez à la discussion.

– Pardonnez-moi, mais je n'aimerais mieux pas, dit sir Charles en voyant l'expression de colère qui était apparue sur le visage de son hôte.

– J'ai besoin d'un arbitre impartial, Charles, reprit le duc.

Sir Charles se rassit, résigné.

Un instant plus tard, lord Eustace faisait son apparition dans le fumoir.

– Vous m'avez fait demander, Varien?

– Oui, répondit brièvement le duc. Veuillez fermer la porte derrière vous.

Lord Eustace s'exécuta, puis revint vers son demi-frère avec une expression d'interrogation dans les yeux.

– Si j'ai bien compris, commença lentement le duc, vous vous êtes permis d'accuser, hier soir, deux de mes employés de s'être mal conduits.

– C'est parfaitement exact, dit lord Eustace, je trouve qu'ils se sont conduits d'une manière extrêmement répréhensible.

– Vous n'avez pas pensé un seul instant que la première chose que vous auriez dû faire était de me prévenir de ce que vous considériez m'être préjudiciable?

– Mais j'ai bien l'intention d'aller trouver le capitaine ce matin pour lui rendre compte de l'attitude déshonorante de l'un de ses hommes, et qu'il prenne les sanctions qui s'imposent à notre retour en Angleterre, dit lord Eustace.

– Comment osez-vous! s'emporta le duc. Comment osez-vous vous mêler des affaires qui concernent mon personnel, et qui concernent la manière dont j'ai décidé de faire marcher ce bateau? Et, par-dessus le marché, comment osez-vous menacer mes gens de punition dont vous n'avez aucun droit de vous arroger l'exécution?

– Lorsque le capitaine aura entendu ce que j'ai à dire, il n'aura de cesse de se débarrasser au plus vite d'un homme qui déprave les mœurs de votre équipage, répliqua lord Eustace. Et quant à la femme, elle ne faisait sans doute qu'imiter la conduite de vos invitées, mais ce n'est pas une excuse.

– Si vous poursuivez sur ce ton, éclata le duc, je vous fait jeter par-dessus bord et j'espère que vous vous noierez!

– Cela ne m'étonnerait pas de vous, dit lord Eustace en se rebiffant, parce que vous avez rarement l'occasion d'entendre la vérité, et que vous ne l'appréciez guère lorsqu'on vous l'impose! La morale qui règne à bord de ce navire est des plus déplorables et nous couvre de honte devant la société et notre famille. Lorsqu'ils ont de tels exemples devant les yeux, il n'est pas étonnant que les domestiques deviennent aussi débauchés que leur maître.

Le duc serra les poings de colère, et aurait probablement frappé son demi-frère si sir Charles ne s'était pas interposé.

Il se leva rapidement pour se mettre entre les deux hommes.

– Varien, vous ne devriez pas perdre votre sang-froid, dit-il, et vous, Eustace, vous n'avez aucun droit de parler ainsi à votre frère.

– J'ai tous les droits, au contraire, cria lord Eustace. Est-ce que vous avez jamais pensé aux tortures que j'endure à ses côtés, à le regarder dilapider son argent pour des femmes à peine plus dignes d'intérêt que des prostituées, et pour des hommes qu'il encourage à être infidèles envers leurs femmes? (Sa voix s'enfla :) Il se contente de laisser les terres des Alveston à l'abandon, pourvu qu'il en ait assez pour mener une vie de Casanova.

Lord Eustace avait presque craché ces derniers mots à la figure de sir Charles, et ce dernier s'apprêtait à lui répondre, lorsque le duc s'interposa :

– Tout ce que vous dites n'est que mensonges, mais, en admettant que je me conduise comme vous le prétendez, qu'est-ce que cela peut vous faire? Je suis le chef de notre famille et je me conduis comme bon me semble!

– Mais vous oubliez une chose, lui rétorqua lord Eustace : c'est qu'à votre mort il faudra que je redresse tous ces désordres et cette indécence que vous avez semés autour de vous.

Il s'était mis à hurler ces derniers mots en direction de son frère, puis fit demi-tour et sortit du fumoir en claquant la porte derrière lui.

– Mon héritier, dit le duc comme s'il se parlait à lui-même.

Un long silence s'installa, durant lequel les deux

hommes fixèrent la porte qui venait d'être si violemment fermée.

Puis le duc murmura tout d'un coup, très calmement :

– Mon héritier, vraiment! Charles, j'ai l'intention de demander votre fille en mariage!

5

Lorsque Rose eut quitté la cabine, Bettina se rappela soudain qu'elle avait certains points à faire au col de dentelle de l'une de ses robes.

Comme elle savait que Rose avait l'esprit préoccupé par ce qui lui était arrivé, et qu'elle devait en outre s'occuper de la garde-robe d'autres invitées, elle décida de le faire elle-même.

Elle se mit à chercher le nécessaire à couture que sa mère lui avait laissé et qui contenait pratiquement toutes les soies et les cotons dont elle avait besoin pour effectuer ses raccommodages et autres petites réparations.

Elle glissa le dé d'argent à son doigt et choisit une soie s'harmonisant avec la dentelle qu'elle devait réparer, et qui était devenue très fragile tant elle était ancienne.

Elle enfila son aiguille et se mit à ravauder à petits points réguliers, tout en se remémorant les heures qu'elle avait passées ainsi à l'école, apprenant à broder sous la directive d'une nonne française.

Mme de Vesarie avait tenu à ce que l'éducation

dont bénéficiaient ses élèves soit complétée par tout ce qu'une femme d'intérieur se doit de savoir.

C'est ainsi qu'elles avaient appris à jouer du piano, à dessiner et à faire des aquarelles, à broder tous les points traditionnels que l'on se transmettait de génération en génération depuis des siècles.

Quelques-unes des élèves avaient reçu la permission d'apprendre à faire la cuisine, afin qu'une fois de retour dans leurs demeures ancestrales, elles puissent être capables de diriger à l'office, et de surveiller la confection des pâtisseries, des confitures et des conserves.

Bettina, une des plus anciennes élèves de l'école, avait appris tout ce que Mme de Vesarie avait pu lui enseigner.

Elle se sentait abattue en pensant à lord Eustace, car, en devenant sa femme, elle serait probablement obligée de coudre sans arrêt des vêtements pour les pauvres gens, et ce ne seraient certainement pas des tissus fins et luxueux.

Et quels vêtements! Sans doute fort laids, puisque les pauvres sont rarement coquets.

Toute à ses pensées, elle se demanda pourquoi les gens comme lord Eustace devaient toujours enfermer les pauvres dans une attitude servile et blessante, comme si ceux-ci n'éprouvaient aucun sentiment et devaient être prêts à obéir à leurs ordres, quels qu'ils soient.

Elle réfléchit à la manière dont la grand-mère de Rose avait été traitée, et se dit que le cas était exemplaire, d'après ce qu'elle avait lu dans les journaux et dans certains rapports, et révélait bien la mentalité et les objectifs des réformateurs.

Leurs idées n'étaient pas fausses, songeait-elle, mais ils les mettaient en pratique de la plus mauvaise façon.

Il y avait trop d'enrégimentement, trop de démagogie dans ce que les autorités pensaient faire pour le bien du peuple, au lieu d'essayer de persuader ce dernier de faire aussi des efforts pour améliorer son sort.

Elle poussa un petit soupir.

Elle était absolument certaine que, si elle faisait part de son idée à lord Eustace, celui-ci ne l'écouterait même pas!

La porte s'ouvrit tout d'un coup et son père fit irruption dans la cabine.

Elle leva les yeux vers lui, un sourire de bienvenue sur les lèvres, lorsqu'elle vit l'expression de son visage et s'empressa de lui demander :

– Que s'est-il passé?

Sir Charles referma soigneusement la porte derrière lui et traversa l'étroit espace qui le séparait du hublot, comme s'il manquait tout à coup d'air.

Il resta un long moment ainsi, regardant la mer toute bleue qui les entourait. Puis il se retourna et dit :

– Il faut que je vous informe d'une grande nouvelle, Bettina!

– Qu'est-ce que c'est, papa? lui demanda-t-elle.

Il y eut un nouveau silence avant que sir Charles ne reprenne :

– Je viens à l'instant de parler avec le duc.

– Avec le duc? répéta Bettina sans comprendre.

Elle craignit soudain pour le sort de Rose et de Jack, pensant que leur maître avait changé d'avis.

Et si, après tout, il avait trouvé que la conduite de

ses serviteurs était répréhensible, et était tombé d'accord avec lord Eustace, laissant alors à ce dernier le soin de les punir?

Elle ressentit une peine profonde en évoquant cette éventualité. Puis, alors qu'elle était assise devant son père et le fixait de ses grands yeux gris, celui-ci se tourna et lui dit :

– Le duc m'a demandé de vous faire part, Bettina, de son désir de vous épouser!

Bettina crut un instant avoir mal compris ce que son père venait de lui dire.

Et, tout d'un coup, la robe qu'elle était en train de réparer lui tomba des mains et elle les porta instinctivement à son cœur comme pour y calmer un tumulte soudain.

Sir Charles l'entendit demander d'une toute petite voix :

– Est-ce que... est-ce que c'est... une plaisanterie, papa?

– Pas du tout, Bettina, lui répondit sir Charles. Le duc a dit exactement qu'il désirait vous prendre pour femme. Mais il tient à vous en parler lui-même, bien sûr, et comme il m'en a demandé la permission, je la lui ai accordée de tout mon cœur.

Sir Charles s'assit soudain sur le lit, comme si les paroles qu'il venait de prononcer lui avaient coûté un trop grand effort.

– C'est à peine si je peux y croire moi-même, dit-il. Même dans les rêves les plus fous que je faisais pour vous, je ne m'étais jamais imaginé que vous épouseriez Varien.

Bettina ne disait toujours rien, et son père continua sur le même ton :

– J'avais pensé qu'en aspirant à vous unir à Eustace, je me permettais déjà de voler fort haut. Après tout, vous savez bien que, dans les cercles aristocratiques dans lesquels j'évolue, les familles arrangent toujours les mariages de leurs fils et de leurs filles avec le plus grand soin. (Il observa un silence, puis continua :) Vouloir être duchesse de nos jours en Angleterre est aussi facile pour une jeune fille de famille simple que d'essayer de voler jusqu'à la lune! (Il murmura dans un souffle :) Si Varien vous épouse, ainsi qu'il l'a promis, je vous assure, Bettina, que vous serez la jeune femme la plus heureuse de la terre!

Pour la première fois enfin depuis qu'il était entré dans la cabine, sir Charles jeta un coup d'œil à sa fille.

Elle se contentait de le regarder avec une expression stupéfaite agrandissant encore les immenses yeux gris qui lui mangeaient le visage.

– Vous ressemblez beaucoup à votre mère, remarqua sir Charles, et je dois dire qu'elle était la personne la plus charmante que j'aie jamais eu l'occasion de rencontrer de toute ma vie.

Sa voix avait pris un ton d'affection profonde, alors que, tout à l'heure encore, on y sentait une surprise mêlée de triomphe.

Il attendait visiblement une réponse; Bettina réussit à articuler lentement, mais distinctement :

– Pourquoi... est-ce que le... duc... désire... m'épouser?

Sir Charles évita son regard pour la seconde fois :

– Je pense que vous connaissez la réponse à cette

question, répondit-il. Il veut avoir un héritier et déteste Eustace! Qui l'en blâmerait, d'ailleurs?

– Il me semble vous avoir entendu dire que... qu'il avait juré de... ne jamais se remarier... après... après ce... son premier mariage... malheureux.

– Les hommes changent d'avis, ma chère, répondit sir Charles, et nous pouvons, vous et moi, remercier notre bonne étoile que le duc l'ait fait.

– Je comprends pourquoi vous voudriez que je l'épouse, papa.

– Mais bien sûr que j'ai envie que vous l'épousiez, mon enfant! dit sir Charles avec force. Est-ce que vous vous imaginez ce que cela représentera que d'être la maîtresse de maison d'Alveston House sur Park Lane, qui vient tout de suite après la maison des Malborough de par son importance? Jouer à l'hôtesse au milieu de ses domaines dans l'un des châteaux les plus merveilleux de toute l'Angleterre? Et Dieu sait le nombre de domaines qui appartiennent encore à Varien! (Il jeta un coup d'œil inquisiteur à sa fille, et continua sur un ton conciliant et presque enjôleur :) Je ne pense pas seulement à ce que le duc possède. Vous connaissez l'affection que j'ai pour lui. Il est plus jeune que moi, et pourtant il a toujours compté parmi les meilleurs de mes amis. On l'estime beaucoup, et c'est ce qui est important.

Bettina ne disait mot, et sir Charles continua sur sa lancée, comme s'il devinait les pensées de sa fille :

– Bien sûr, il y a eu des femmes dans sa vie, beaucoup, même. Elles sont tombées dans ses bras comme des pêches trop mûres et il ne peut y avoir qu'un saint ou un fou pour refuser ces occasions-là. Mais je suis sûr que Varien aura toujours soin de traiter sa femme avec tout le respect et la décence qui lui sont dus.

Bettina gardait toujours le silence, mais elle ébaucha un geste que sir Charles interpréta comme une protestation, aussi continua-t-il derechef :

– Vous n'avez pas besoin d'en douter, et je sais de quoi je parle. Quelle que soit sa nature et quoi que les gens disent de lui, Varien est un gentilhomme et agira toujours comme tel envers vous, quoi qu'il arrive.

Bettina fit un signe de la main et se pencha pour rattraper la robe qu'elle recousait et qui était tombée sur le sol.

– Le duc vous attend, Bettina, dit sir Charles. Vous le trouverez dans son salon particulier situé à l'autre bout du yacht.

– Mais que... qu'est-ce que... que vais-je lui dire, papa?

– Ce que vous allez lui dire? répéta sir Charles. Acceptez son offre de mariage naturellement! Puis mettez-vous à genoux et remerciez les dieux pour votre bonne fortune!

Il poussa un soupir si profond qu'il semblait venir du fond de ses entrailles.

– J'ai encore du mal à me faire à l'idée que tout ceci est réellement arrivé, dit-il. En fait, Bettina, je peux vous dire à présent que j'étais plutôt désespéré, ce matin. J'avais perdu une grosse somme d'argent hier soir.

– Oh non, papa!

– Je me suis traité d'imbécile, continua sir Charles, mais, à présent, cela n'a pas d'importance – cela n'a plus aucune importante!

Nul besoin qu'il s'étende davantage sur ce point. Bettina avait deviné qu'en tant que beau-père du duc d'Alveston son crédit serait illimité.

Mieux encore : alors que sa présence avait toujours été accueillie avec plaisir dans toutes les propriétés du duc, il y serait désormais de plein droit.

Bettina murmura à voix basse :

– Je vais aller... voir le duc, papa; mais... expliquez-moi où je peux le trouver.

– Passez devant le fumoir, lui répondit sir Charles, et vous trouverez les appartements privés du duc juste après. Personne d'autre ne partage cette partie du bateau avec lui, et on ne peut lui reprocher de vouloir être seul de temps en temps?

Bettina ne répondit pas.

Elle ne jeta pas même un coup d'œil à son miroir, mais s'en détourna pour se diriger droit sur la porte de la cabine qu'elle ferma doucement derrière elle.

Elle longea l'étroit passage en espérant n'y rencontrer personne. Elle était absolument bouleversée. Elle agissait machinalement, comme si tout à coup on lui avait enlevé ses facultés de raisonnement et qu'elle se serait transformée en marionnette. Sa volonté était anéantie.

Elle se glissa sans bruit le long de la salle à manger d'où l'on pouvait entendre la voix de lord Milthorpe et les rires des autres invités qui lui répondaient. Puis elle traversa la salle de jeu et se trouva dans une partie du yacht qu'elle n'avait jamais encore visitée auparavant.

A l'autre bout du couloir une porte était restée ouverte et elle y entrevit un lit en acajou d'aspect masculin qui occupait le centre d'une cabine visiblement spacieuse.

Elle hésita quant à la direction à prendre, sachant que le duc n'aurait guère de chance de la voir à l'endroit où elle se trouvait. Par la porte d'une cabine adjacente qu'elle n'avait pas encore remarquée apparut alors son valet, qui était un homme d'âge moyen dont le visage reflétait la bonté.

– Bonjour, miss, dit-il. Sa Grâce vous attend.

Il lui fit signe d'entrer en tenant la porte ouverte et Bettina pénétra dans une cabine plus petite, que le soleil, pénétrant par les hublots, inondait de ses rayons dorés.

Elle eut le temps de noter du regard une bibliothèque qui occupait tout un mur, deux fauteuils confortables et profonds recouverts de cuir rouge et des scènes de chasse accrochées au mur.

Puis elle se tourna vers le duc qui l'attendait, assis devant son bureau et ses yeux se fixèrent sur lui.

Il se leva à son approche et Bettina eut la vague impression qu'il l'observait.

A présent que l'insensibilité qui la faisait agir comme un automate quelques instants auparavant la quittait peu à peu, son cœur s'était mis à battre à tout rompre dans sa poitrine, et sa gorge se serra.

Le silence était total et le duc semblait pris par le même mutisme car ils restèrent l'un en face de l'autre à se regarder sans un mot, tandis qu'au-dehors le soleil couchant faisait flamber les cheveux de Bettina.

– Veuillez vous asseoir, réussit enfin à prononcer le duc.

Sa voix avait tout à coup une profondeur inhabituelle et Bettina s'installa avec soulagement dans le fauteuil de cuir rouge, comme si tout à coup ses jambes avaient été trop faibles pour la porter.

– C'est papa qui... qui m'a... envoyée vers vous, dit-elle d'une petite voix qu'elle-même ne reconnut pas tant elle semblait venir de loin.

– Il vous aura sans doute fait part, Bettina, de mon désir de vous prendre pour épouse?

– Oui... Il... me l'a... dit.

– Si vous acceptez, ajouta le duc, je vous promets de faire tout ce qui est en mon pouvoir pour vous rendre heureuse.

– M...merci, lui répondit Bettina d'une voix presque imperceptible. (Et elle ajouta :) Puis-je... vous... demander quelque chose?

– Bien sûr, répondit le duc.

Il était resté debout près du bureau pendant tout ce temps et, à présent, il venait de s'asseoir dans l'autre fauteuil tout en gardant les yeux fixés sur le visage de la jeune fille.

– Je... enfin... ne pourrait-on... garder... tout ceci... secret... jusqu'à... jusqu'à notre retour... en Angleterre?

– C'est une suggestion extrêmement sensée, répondit le duc, que votre père m'a déjà soumise, en fait.

Mais ce qu'il ne dit pas, c'est que sir Charles avait ajouté :

– Pour l'amour de Dieu, Varien, n'annoncez pas votre intention d'épouser Bettina avant que nous ne soyons rentrés. Daisy et Enid seraient capables de tuer cette enfant!

Il vit le visage de Bettina se détendre tout à coup sous l'effet du soulagement; il ajouta d'une voix tranquille :

– Nous n'envisagerons rien, bien sûr, sans en avoir discuté d'abord tous les deux, et je pense que, lorsque nous arriverons chez nous, vous aurez sans doute le désir de venir à Alveston Castle pour les fêtes de Noël. Quant à votre père, j'en suis sûr, il n'a qu'une envie : c'est de faire des promenades avec mes chevaux, et j'ai le sentiment que cela vous plaira également.

– J'en serai... ravie, murmura Bettina.

– Bien, alors c'est décidé, répondit le duc. Nous nous efforcerons d'avoir un comportement normal jusqu'à ce que nous soyons arrivés au château et, là, nous déciderons de la marche à suivre.

– Merci... dit Bettina. Merci... infiniment.

Ses yeux rencontrèrent ceux du duc. Sa timidité lui fit baisser les paupières et sur ses joues pâles se dessina l'ombre soyeuse de ses cils.

Devinant son embarras, le duc se leva, signifiant ainsi que l'entretien était terminé, puis il dit d'une voix changée :

– A présent, je vais aller voir le capitaine. J'ai l'intention de lui signaler que Jack Sutton, qui est le nom, si je ne m'abuse, du promis de votre jeune servante, a droit à une permission spéciale dès l'arrivée à Southampton pour aller rendre visite au père et à la mère de sa future épouse.

– C'est trop... aimable... vraiment, dit Bettina. Rose était si heureuse quand je lui ai dit comme vous vous étiez montré merveilleux à son égard, au point qu'elle s'est remise à pleurer. Mais ce n'était pas les mêmes larmes que celles qu'elle versait l'autre soir!

– Alors vous pouvez lui dire, ajouta le duc en souriant, ce que je me propose de faire; et j'ai aussi l'impression que nous devrions leur offrir un cadeau de mariage qui les aide à meubler leur futur intérieur.

– J'aimerais... j'aimerais beaucoup... faire cela... dit Bettina, mais...

Le duc attendait la fin de la phrase.

– Mais... j'ai bien peur que... de n'avoir pas assez d'argent... continua-t-elle. En fait... pour être tout à fait honnête, je... je crois bien que... que je n'en n'ai pas du tout!

– Mais j'en ai suffisamment, moi, répondit le duc, et avez-vous déjà oublié que pendant la cérémonie de mariage je devrais dire : « Je te fais don de tous mes biens »?

Bettina comprit qu'il la taquinait et, parce que la solennité avec laquelle ils avaient parlé tous les deux avait dû lui sembler aussi lugubre que celle dont lord Eustace se servait pour l'entretenir, elle répondit en souriant :

– Vous seriez fort... marri, si en fait je m'emparais de tout ce que vous m'offrez!

Le duc éclata de rire et dit :

– Ne vous faites pas de souci, je crois que vous en trouverez assez pour nous satisfaire tous deux.

En entendant retentir la cloche du bateau, Bettina ajouta rapidement :

– Votre Grâce, je crois qu'il me faut partir à

présent. Si le fait de... d'être ici avec vous... dans votre salon particulier... venait à se savoir... on trouverait cela... pour le moins... étrange.

– Bien sûr, vous avez raison, acquiesça le duc. Et ne vous faites pas de souci, Bettina, je tiendrai tout ceci secret jusqu'à notre arrivée au château.

– Je vous en remercie, répéta Bettina.

Elle fit un mouvement en direction de la porte, sans s'apercevoir que le duc avait l'intention de l'ouvrir pour elle.

Alors qu'elle avançait la main vers la poignée, elle rencontra soudain celle du duc qui était déjà posée sur la clenche, et, soudain, elle se sentit traversée comme par un choc électrique qui irradia son corps tout entier.

Elle fut incapable de s'expliquer cette réaction, car c'était une sensation qu'elle n'avait jamais éprouvée auparavant.

Puis, sans lui jeter un regard, elle sortit dans la coursive et se hâta de regagner sa cabine.

Elle avait presque atteint la salle à manger lorqu'un homme en sortit brusquement, qui lui barra le passage.

Toute à ses pensées et ressentant encore l'étrange choc que lui avait donné le contact de la main du duc, Bettina faillit se heurter à lui.

C'est alors qu'elle leva les yeux et rencontra ceux de lord Eustace qui la fixaient avec intensité.

– Où étiez-vous passée? Que faites-vous par ici? lui demanda-t-il abruptement.

Elle ne répondit pas et lui agrippa le bras en la tenant fermement au-dessus du coude, et se mit à l'entraîner avec lui.

– Que faites-vous donc? lui demanda Bettina. Laissez-moi partir!

– Il faut que je vous parle, lui répondit lord Eustace.

Il l'entraîna vers le bureau où il la poussa alors qu'elle essayait encore de se libérer de son emprise.

Il n'y avait personne dans la pièce et lord Eustace la relâcha tout en fermant la porte derrière lui, puis, s'y adossant, il lui fit face :

– Que faisiez-vous dans la suite particulière de Varien? s'enquit-il.

Bettina se contenta de relever le menton en guise de réponse.

Elle était choquée par la manière dont lord Eustace se permettait de lui parler, sans compter qu'il lui avait fait mal lorsque ses doigts avaient serré durement la peau délicate de son bras.

– Le duc avait exprimé le désir de me parler, dit-elle. Y a-t-il quelque mal à cela?

– Tout ce que Varien fait peut être mal interprété, lui répondit lord Eustace avec un sourire de mépris.

Bettina ne répondit rien et lord Eustace rompit le silence le premier :

– Je suppose que vous étiez en train de plaider la cause de cette servante à la conduite éhontée. Eh bien, je vais vous dire une chose : quoi que fasse Varien, j'ai décidé de faire un rapport sur la conduite de cette fille à la gouvernante principale du château, et je veillerai à ce qu'elle soit renvoyée.

– Vous ne pouvez pas être aussi cruel! lui cria Bettina. Rose n'est pas une fille immorale. Elle est fiancée à ce marin, et il n'y a personne d'autre que vous au monde pour penser à mal lorsqu'une jeune fille embrasse son promis!

– C'est peut-être l'explication que cette femme vous a donnée, dit lord Eustace, mais je ne fais confiance qu'à ce que mes yeux ont vu. En fait, la conduite de ces deux personnes ne m'a pas surpris outre mesure. L'immoralité qui règne sur ce bateau en fait une antichambre de l'enfer, et je ne veux pas vous y voir mêlée.

– Je... je crois que vous exagérez, fit Bettina en guise de protestation.

Mais en même temps, elle ne pouvait s'empêcher de penser que le comportement de lady Daisy et de lady Tatham justifiait amplement les critiques acerbes de lord Eustace.

Comme s'il avait deviné ce qui se passait dans la tête de Bettina, lord Eustace ajouta avec un sourire déplaisant :

– Exactement! Et pensez-vous que votre mère, si elle était encore en vie, aurait accepté de vous voir participer à un voyage qui vous met en contact avec deux prétendues « ladies » qui ne sont en fait que des catins?

Bettina sursauta.

Jamais auparavant elle n'avait eu l'occasion d'entendre un tel langage et ces mots la choquaient. En outre, il y avait quelque chose de particulièrement déplaisant dans le ton de lord Eustace.

– Je... je n'ai pas envie de discuter, répondit-elle. Je dois aller voir mon père. Laissez-moi passer.

Elle fit un pas en direction de la porte, mais lord Eustace ne semblait pas vouloir en bouger.

– Ecoutez-moi, Bettina, dit-il. Vous êtes très jeune et très innocente, et de toute façon je trouve l'attitude de votre père extrêmement répréhensible. Mais à présent que vous connaissez les abîmes de dépravation qui règnent dans ce qu'on a coutume d'appeler la bonne société, il faut que vous me promettiez de ne jamais plus y participer à l'avenir.

– Je n'ai pas l'intention de vous laisser critiquer papa, lui rétorqua Bettina.

– Sir Charles est assez grand pour savoir ce qu'il fait, lui répondit lord Eustace, mais il se trouve que vous êtes beaucoup trop jeune pour ces jeux-là, et beaucoup trop jolie.

Cette phrase n'avait rien d'un compliment dans la bouche de lord Eustace, et Bettina se contenta de répéter simplement :

– Je veux rejoindre mon père.

– Quand je serai prêt à vous laisser partir, lui répondit lord Eustace. Mais il faut d'abord que vous m'écoutiez.

– Je n'ai aucune envie de vous écouter, dit Bettina, et, si vous voulez mon avis, je trouve plutôt désagréable que vous mangiez à la même table que votre frère et que vous le dénigriez quand il a le dos tourné.

– Lorsqu'il s'agit de mon frère, les règles de la chevalerie n'existent plus, lui rétorqua lord Eustace. Je m'attendais exactement à tous ces désordres avant de venir sur ce bateau, mais je n'ai accepté que lorsque j'ai su que vous étiez parmi les invités.

La surprise lui fit ouvrir de grands yeux, et il en profita pour continuer sur sa lancée :

– Lorsque je me suis occupé de vous à Douvres,

je m'étais rendu compte que vous étiez pure et innocente; vous étiez une enfant qui ignorait tout du monde, et surtout celui où règne mon illustre demi-frère.

Il avait pris un ton vindicatif. Sa voix changea soudain lorsqu'il ajouta :

– J'avais accepté son invitation parce que je pensais vous sauver! Vous sauver des outrages et des flétrissures que vous auraient infligés ces créatures auxquelles s'associe mon demi-frère, sans parler de la bande de viveurs licencieux qu'il appelle ses amis.

– Je vous... remercie... pour... pour votre attention, répondit Bettina d'une voix un peu oppressée, car elle était dépassée par la tournure qu'avait prise la conversation, mais papa est à mes côtés et il s'est occupé de moi... comme... comme à l'accoutumée.

– Votre père ne peut vous protéger de ce qui est en train de se passer et de ce que vous entendez autour de vous, répliqua lord Eustace, et si vous essayez de trouver des excuses à ceux qui nous accompagnent dans ce voyage, alors tout ce que je peux dire, c'est que vous êtes déjà contaminée et que vous vous enlisez déjà dans cette boue putride où ils se vautrent.

Une évidence traversa tout à coup l'esprit de la jeune fille :

Lord Eustace était complètement détraqué par la haine qu'il portait à son demi-frère et à la société.

Hier encore, pensait-elle, cette discussion l'aurait tout simplement bouleversée et elle aurait pris peur.

Mais, à présent, elle éprouvait une sensation

toute nouvelle de liberté, et elle savait qu'il ne fallait pas faire attention à ce que lord Eustace pensait ou ne pensait pas.

Dès son premier jour sur le bateau, elle avait senti peser sur elle une lourde menace et son horizon s'était assombri à la perpective d'épouser lord Eustace.

Mais le soleil avait dissipé ces nuages sombres et sa peur s'était envolée.

Lord Eustace pouvait bien haïr, mépriser et dénoncer qui il voulait. Une fois l'Angleterre atteinte, elle ne le reverrait plus jamais.

Cette pensée lui avait apporté une certaine joie, aussi est-ce avec une voix plutôt douce et conciliante qu'elle lui dit :

– Vous vous mettez dans tous vos états, monseigneur. Les choses ne sont pas aussi noires que vous les dépeignez. Je suis très heureuse que vous ayez eu l'intention de me protéger et de m'empêcher d'être corrompue. Mais je puis vous assurer que je suis tout à fait en sécurité, et je ressemble fort à papa, en ceci que je ne me rappelle que des heureux événements, et non des mauvais. (Elle adressa un sourire à son interlocuteur avant de poursuivre :) Il faut vraiment que je parte. Papa va se demander ce qu'il m'est arrivé.

– Votre père peut attendre, lui répondit fermement lord Eustace. J'ai quelque chose à vous demander, Bettina, bien que je n'eusse l'intention de le faire qu'à notre arrivée en Angleterre.

Son visage avait changé d'expression et sa voix avait pris un tel ton que Bettina eut soudain conscience d'un danger.

Elle devinait ce qu'il se préparait à dire et elle sentit qu'il fallait à tout prix l'arrêter, avant que les mots ne passent ses lèvres.

– Nous en reparlerons plus tard, monseigneur, dit-elle rapidement, mais pas maintenant. Je ne puis plus tarder.

– Vous m'écouterez, dit-il d'une voix obstinée qu'elle ne connaissait que trop bien.

Il avait encore le dos appuyé contre la porte et Bettina ne pouvait rien faire pour l'en déloger.

Elle attendit, pleine d'appréhension, avec la certitude qu'il fallait faire quelque chose pour l'empêcher de parler, mais elle sentait bien que rien ne pourrait arrêter les mots qu'elle craignait tant.

– Je veux vous épouser, dit lord Eustace. Je vous apprendrai tout ce que vous devez savoir de la vie. Il ne sera jamais plus question pour vous de vous trouver à nouveau confrontée avec le rebut de l'aristocratie.

Bettina retint son souffle. Les mots fatidiques avaient été lâchés sans qu'elle ait eu le moyen de l'éviter. A présent, il fallait trouver une réponse.

– Vous... m'en voyez... très honorée, dit-elle d'une petite voix hésitante. M... mais je... je dois être honnête et vous avouer que... quoi que vous... que je sois très touchée par votre bonté... je... je ne peux pas vous épouser.

– Ne soyez pas ridicule, lui dit vertement lord Eustace. Vous m'épouserez, non seulement parce que tel est mon désir, mais c'est également celui de votre père. Il m'a déjà fait comprendre très clairement qu'il me considérait comme un parti très acceptable, ce qui est la stricte vérité.

– Je suis... désolée, dit Bettina, vraiment désolée de vous avoir... fâché, mais... mais je... il faut que vous sachiez que... qu'il m'est impossible de vous épouser.

Bettina vit avec surprise un sourire se dessiner sur les lèvres de lord Eustace.

– Vous êtes encore très jeune, répondit-il, et je comprends très bien qu'une première demande en mariage non seulement vous surprenne, mais vous dépasse. Accoutumez-vous simplement à cette idée, Bettina : vous serez ma femme et nous nous marierons probablement vers la Nouvelle Année, lorsque j'aurai eu le temps d'opérer les arrangements nécessaires.

– Non! s'écria Bettina. Non!

Lord Eustace sourit à nouveau.

– Allez en parler à votre père. Il saura vous expliquer qu'il ne risque guère pour vous de se présenter de meilleure occasion. (Il s'arrêta un moment, puis rivant ses yeux aux siens, il ajouta :) Bien sûr, cela vous demandera beaucoup de temps et beaucoup d'application, mais la réalité s'imposera bientôt à vous et vous pourrez alors apprécier la valeur de la bataille dans laquelle je me suis jeté à corps perdu.

Il avait pris un ton grandiloquent auquel Bettina ne trouva rien à répondre. Mais il avait enfin dégagé la porte et l'ouvrit pour lui laisser le chemin libre.

Sans ajouter un mot, Bettina s'échappa.

Elle descendit en courant le passage qui la menait à sa cabine et fut heureuse d'y trouver son père qui était encore là à l'attendre.

Il s'était assis sur le lit et s'était emparé d'un journal; Bettina se jeta à son cou.

– Oh Papa! Papa! dit-elle.

Sir Charles laissa tomber son journal pour la tenir serrée dans ses bras.

– Je suppose que tout s'est fait un peu par surprise, ma chérie, dit-il. Ne vous en faites pas, vous vous habituerez à l'idée de devenir une duchesse, et Dieu m'est témoin, je suis fier de vous.

– Ce... ce n'est... pas le... duc, réussit à lui répondre Bettina, c'est lord Eustace! Oh... papa! il dit que... qu'il faut que... je l'épouse et... que vous en serez tellement content!

Sir Charles fixa sa fille pendant un instant, muet d'étonnement, puis tout à coup il se mit à rire.

– Voilà que lord Eustace se met à donner des coups de griffes, maintenant! Je crois bien qu'il sera coiffé au poteau d'arrivée! C'est la chose la plus drôle que j'aie jamais entendue, et c'est bien fait pour lui! Ce porc, avec ses airs dévots, mérite une leçon!

Bettina retira ses bras des épaules de son père.

– Mais, papa... vous... vouliez... que je... l'épouse!

– Seulement parce que je ne savais pas encore que vous pouviez aspirer à beaucoup plus haut, lui répondit sir Charles sans se laisser démonter.

– Je pense vraiment que... dit Bettina à voix basse, qu'il y a quelque chose de curieux dans... dans ce que dit lord Eustace à propos de... vous et... de vos amis.

– Ne me répétez pas ce qu'il vous a dit, lui répondit sir Charles, je ne connais que trop bien son opinion. Oubliez-le! Et ne nous occupons plus que de Varien.

– Oui, je sais... mais Eustace est très... accaparant et, quand il a décidé de faire quelque chose, il peut se montrer très... obstiné.

Sir Charles ne manqua pas de relever une légère crainte dans les propos de sa fille.

– Oubliez-le. Eustace ne peut plus vous faire de mal à présent, et une fois que vous serez mariée, vous n'aurez plus guère l'occasion de le voir. Il accepte très rarement de se rendre aux invitations de son demi-frère.

– Il m'a dit ne s'être joint à ce voyage uniquement parce qu'il savait que j'en ferais partie.

– Voilà ses raisons! s'exclama sir Charles. Eh bien, on peut en déduire qu'il fait preuve de bon goût, au moins de ce côté-là. Il est vrai que vous êtes plutôt différente de la canaille et autres malfrats imbibés de gin avec lesquels il perd habituellement son temps.

– Ce matin, je me disais encore qu'il pensait juste, mais que les moyens qu'il employait pour parvenir à ses fins étaient mauvais, fit Bettina.

– Je ne suis pas même certain de la justesse de ses idées, lui répondit sir Charles. Il dénigre son demi-frère, mais personne ne sait mieux que moi à quel point Varien se montre généreux envers les gens qu'il aide, et le domaine des Alveston est un modèle en son genre.

– De quelle manière? demanda Bettina.

– Vous demanderez cela à Varien, lui répondit sir Charles, mais je sais qu'il s'est donné la peine de construire plus d'orphelinats et plus de maisons de retraite que n'importe lequel des grands propriétaires terriens. Il soutient financièrement plusieurs hôpitaux et on remplirait un livre avec la liste de toutes les œuvres de charité qu'il soutient.

– Alors pourquoi lord Eustace dit-il tellement de... choses terribles sur son compte?

Sir Charles se mit à sourire.

– Ma chère enfant, vous ne pouvez pas ne pas avoir lu le neuvième – ou bien est-çe le dixième? – commandement sur son prochain que l'on envie?

– Voulez-vous dire par là que lord Eustace est jaloux?

– Mais bien sûr! Il exècre son demi-frère parce que celui-ci porte le titre de duc. Sa mère se mit à détester Varien parce que, malgré la naissance d'Eustace, il n'en restait pas moins l'héritier en titre. Elle ne pouvait rien y changer, alors elle choisit d'être méprisante et désagréable, en essayant sans cesse de monter le père contre son premier fils. Heureusement, elle a échoué.

– A présent... je comprends... un certain nombre de choses, dit Bettina d'une voix lente.

– Et ce n'est pas parce que Varien aime les bonnes choses de l'existence, qu'il est chasseur, qu'il est un ami personnel du prince de Galles – un vrai roi parmi les hommes, celui-là – qu'Eustace s'est précipité de l'autre côté. (Sir Charles continua :) Il n'a choisi ses amis que parmi le rebut des déshérités, auxquels personne ne s'intéresse. Au moins peut-il briller parmi eux, alors que son demi-frère brille dans une sphère bien différente.

– J'en suis désolée pour lui, dit Bettina.

– C'est inutile, lui répondit son père. Il est pris au jeu de son amour-propre. Je peux vous assurer d'une chose : il ne lui viendrait jamais à l'idée que vous puissiez refuser son offre de mariage.

Bettina reconnut que cela était vrai en se rappelant les propres paroles de lord Eustace.

– Il faudra que... vous... lui parliez, papa.

– Je le ferai, dit son père, mais pas avant que nous ayons atteint l'Angleterre.

– Non, bien sûr que non, ajouta rapidement Bettina. Le duc a dit que nous devrons nous conduire tout à fait normalement jusqu'à notre arrivée au château. Je serais incapable d'affronter les autres invités si ceux-ci savaient...

Sa voix s'éteignit.

– C'est aussi mon avis, approuva sir Charles, mais il n'y a aucune raison pour qu'ils se doutent de quoi que ce soit. Comme le disait ma vieille nourrice : « Gardez-vous pour vous-même le restant du voyage. » Et ceci veut dire également qu'il vous faut éviter lord Eustace autant que possible.

– Ne vous en faites pas pour cela, papa, le rassura Bettina.

Cependant il n'est pas facile de se cacher sur un yacht ni d'être toujours en compagnie des autres invités et Bettina se rendait parfaitement compte des efforts que lord Eustace déployait pour la voir seule.

Pendant le voyage aller, Bettina avait évité autant que possible la présence de lady Tatham et de lady Daisy.

Pour être honnête avec elle-même, elle devait bien s'avouer que ces femmes la choquaient, pas aussi profondément que lord Eustace peut-être, mais la manière dont elles se conduisaient envers le duc lui semblait plutôt lourde, sinon vulgaire.

A présent qu'elle les voyait grincer des dents l'une en face de l'autre pendant les repas, et qu'elle entendait leurs allusions perfides accompagnées de regards enjôleurs, Bettina se sentait mal à l'aise, et elle était surprise d'éprouver un sentiment qu'elle ne pouvait nommer.

Mais, par-dessus tout, elle se rendait compte de sa propre insignifiance.

Comment, se demandait-elle, pourrait-elle jamais leur ressembler? Comment pourrait-elle jamais montrer autant d'esprit et de sophistication tout en gardant une attitude libre et délibérément provocante?

Elle ne savait comment s'approprier toutes ces choses; si telles étaient les femmes que le duc admirait et qui l'amusaient, il ne manquerait pas de la trouver fade, passées les premières heures de leur mariage.

Pendant la nuit, elle s'efforça de mettre dans ses idées clarté et logique.

Le duc haïssait son demi-frère qui le lui rendait bien. C'est pourquoi il en était arrivé à la conclusion qu'il devait se remarier afin d'avoir un héritier.

Il est possible qu'en d'autres circonstances il ne l'eût pas choisie, mais le fait d'avoir été présente au moment où il était en colère contre Eustace et lui reprochait ses façons de se mêler des histoires de ses domestiques, lui avait donné l'idée d'épouser Bettina plutôt qu'une autre.

Le tableau qu'elle venait de brosser était déprimant et Bettina se sentait de plus en plus abattue en y pensant.

Pendant la dernière nuit passée sur la Méditerranée, juste avant de traverser le détroit de Gibraltar où régnaient des températures clémentes et des eaux calmes, Bettina profita du fait qu'ils n'avaient pas encore atteint la zone des vents froids du golfe de Gascogne pour se glisser sur le pont, où elle était certaine de n'être vue de personne.

Elle enfila un manteau chaud, au capuchon bordé de fourrure qui lui encadrait le visage.

L'air annonçait les gelées d'hiver, tandis qu'au firmament les étoiles brillaient de tous leurs feux, et Bettina se rappela la soirée qu'elle avait passée à les regarder en compagnie du duc.

Elle se rappelait qu'il s'était montré très différent alors, et qu'il avait été prêt à écouter avec sérieux et compréhension les idées qu'elle lui avait livrées humblement et qui avaient dû lui sembler bien enfantines.

Elle désirait de toutes ses forces apporter le bonheur qui manquait tant au duc, un bonheur qu'il n'avait peut-être jamais connu auparavant, et elle décida en son for intérieur que ce mariage ne verrait jamais les querelles et les scènes désagréables qu'il avait dû connaître avec sa première femme.

Elle se rendit compte que seule sa mère aurait pu comprendre ses sentiments et, les yeux fixés sur les étoiles, elle se surprit à prier.

– Aidez-moi, maman. Aidez-moi à trouver ce qui lui fera plaisir. Montrez-moi comment je peux l'aider.

Tout en faisant cette prière, elle se rendit compte de ce qu'elle avait de bizarre, car le duc avait des centaines de serviteurs qui guettaient le moindre de ses désirs; pourtant quelque chose en elle lui disait qu'un jour, peut-être, il aurait besoin d'elle.

Si seulement sa mère avait été là pour la conseiller! Si seulement elle avait pu lui dire ce qu'un homme comme le duc attendait de sa femme et de la mère de ses futurs enfants.

Elle se sentit trembler tout à coup, dépassée par tout ce qu'elle ne pouvait résoudre et, jetant un dernier regard aux étoiles, elle se glissa jusqu'à sa chambre, elle s'allongea sur son lit et resta un long moment sans trouver le sommeil.

Ils pénètrèrent dans la zone du mauvais temps; la seule consolation de Bettina fut de penser que lady Daisy et lady Tatham n'y résisteraient pas et seraient obligées de garder le lit.

Mme Dimsday fit une furtive apparition le premier jour, mais, bientôt, elle se retira aussi comme les autres dames, et Bettina se trouva une fois de plus être la seule femme à faire honneur aux repas.

Les gentilshommes présents la taquinaient, lui adressaient des compliments en la traitant plutôt comme une adolescente.

En fait, Bettina s'amusait beaucoup, bien que, parfois, elle jetât des regards pleins d'appréhension vers le duc qui occupait le bout de table, inquiète de savoir s'il jugeait sa conduite peu conforme à ce qu'il attendait d'elle.

Elle se rendait parfaitement compte que lord Eustace lui lançait des coups d'œil maussades à chaque repas, désapprouvant le moindre sourire que pouvaient ébaucher ses lèvres ou le moindre rire qui s'échappait spontanément de sa gorge.

Les autres gentilshommes se moquaient de lui.

– Voyons, Eustace, lui disaient-ils. Comment pouvez-vous vous montrer si désagréable? Il faut bien pourtant que vous partagiez miss Charlwood avec nous puisqu'elle est la seule rescapée de la gent féminine.

Lord Eustace ne daignait pas répondre mais se montrait encore plus désagréable et renfrogné.

Bettina sentait bien qu'il souffrait, et c'est pourquoi elle le laissa lui lire quelques-uns des nouveaux textes qu'il avait écrits, mais au lieu de se retrouver dans l'intimité du bureau, ils s'installèrent dans le salon désert, avec la présence rassurante de serviteurs qui faisaient de temps en temps irruption dans la pièce.

Il sortit de sa veste les feuillets couverts d'une écriture serrée et lui dit méchamment :

– Vous n'avez fait que m'éviter.

Bettina ne le nia pas.

– Vous... vous m'avez fait peur... la ... dernière fois où... où nous étions ensemble, répondit-elle.

– Ce n'était nullement mon intention, dit-il. Mais il faudra pourtant que vous appreniez à m'obéir, Bettina.

Comme Bettina ne disait rien, il continua :

– Afin qu'un mariage soit harmonieux, une femme doit toujours être soumise à son mari, aussi mettons tout de suite les choses au point entre nous : nous ne fréquenterons pas les cercles où des femmes comme lady Daisy ou lady Tatham ont des maris assez complaisants pour rester chez eux pendant que leurs épouses vont courir la prétantaine avec leurs amants.

– De grâce, lord Eustace, ne parlons que de votre travail, dit Bettina d'un ton suppliant.

– Le travail que je suis en train de faire pour les déshérités me préoccupe, mais il m'est impossible d'ignorer les gens que nous sommes forcés de côtoyer en ce moment.

– Je vous l'ai déjà dit une fois, il me semble quant à moi extrêmement déplacé de médire sur le compte de votre demi-frère et de ses invités.

– Je le déteste! Vous m'entendez, Bettina, je le déteste! dit lord Eustace dans un accès de violence, et je vous jure bien qu'une fois mariés nous ne le reverrons jamais, ni l'un ni l'autre! (Il la fixa avec des yeux furieux afin de déceler chez elle la moindre velléité de contradiction. Puis il continua sur le même ton :) Dieu merci, j'ai assez de biens personnels pour ne jamais être dépendant de la charité de ce débauché.

– Vous ne devriez pas parler de la sorte, lui répondit Bettina. Cette haine que vous lui portez finira par vous faire du mal. Si vous n'y mettez pas un terme, elle va déformer votre caractère au point que vous en deviendrez anormal.

Lord Eustace eut un rire déplaisant.

– Ma chère enfant, dit-il, que savez-vous de ce qui est normal, ou même des hommes qui souffrent? Je suppose que vous aussi avez été séduite par le visage et la silhouette de Varien, sans parler de sa couronne ducale. (Son rire s'éleva à nouveau.) Les femmes sont toutes les mêmes, et vous n'êtes pas une exception, mais je vous apprendrai à apprécier les choses vraies, les vraies valeurs de la vie où l'on trouve des gens qui ne sont pas des hypocrites et qui ne déguisent pas leur conduite licencieuse sous un masque souriant.

Bettina soupira.

– Je suis prête à écouter votre pamphlet.

– Vous ne l'entendrez que lorsque je serai prêt à vous le faire entendre, lui répondit lord Eustace d'un ton sans réplique. Mettons-nous d'accord une bonne fois pour toutes, Bettina : je suis votre maître. C'est moi qui décide de ce qui doit ou ne doit pas être fait, et vous n'aurez qu'à m'obéir.

Bettina songea un instant à se lever et à le planter là. Mais le fait qu'ils se trouvassent seuls dans le salon pouvait lui donner l'envie de l'arrêter, et la seule idée qu'il pouvait lui toucher le bras la répugnait.

Elle s'échappa aussitôt qu'il lui en laissa la possibilité, et, le matin suivant, elle fut enchantée d'apprendre que lord Eustace ainsi que deux autres gentilshommes étaient trop mal en point pour quitter leurs cabines.

Une fois de plus, le *Jupiter* s'était engagé dans une zone de mauvais temps, et la mer était si houleuse, qu'il progressait avec difficulté.

Mais Bettina n'en n'était pas moins décidée à monter sur le pont.

Elle mit son manteau et par-dessus, le ciré qui était réservé aux marins.

Elle noua sous son menton les lacets blancs du chapeau assorti au ciré et, se déplaçant avec beaucoup de prudence, sortit sur le pont.

Le temps était vraiment très rude, et les vagues montaient à la hauteur du bastingage avec une violence impressionnante.

Bettina se rapprocha de l'avant du navire, trouvant excitant de le voir fendre les eaux dans des conditions qui lui paraissaient quasi impossibles.

Les vagues émeraude, bordées d'écume, se soulevaient avec des airs de dragon menaçant, et cependant le *Jupiter* continuait sa course sans peur.

Bettina s'imagina que le bateau était en fait un preux chevalier qui se frayait un chemin parmi des ennemis en armes, et qui en était toujours victorieux.

Le vent se mit à souffler avec encore plus d'intensité, la mer se déchaîna et, tout d'un coup, Bettina se rendit compte que son ciré était trempé et que le froid la pénétrait.

Elle se retourna pour essayer d'atteindre la porte, mais au moment d'y parvenir, son pied glissa sur les planches mouillées du pont.

Elle poussa un cri mais deux bras l'avaient déjà solidement empoignée.

Elle s'aperçut avec soulagement que le duc était resté debout derrière elle pendant tout ce temps, mais que le tumulte de la tempête l'avait empêchée de s'en apercevoir.

Il la tint serrée contre sa poitrine et elle leva les yeux vers lui en souriant.

Et comme ses yeux rencontraient les siens, elle sentit soudain une chose étrange dans son cœur, qui se mit à battre la chamade dans sa poitrine.

Il y eut un instant pendant lequel les éléments

semblèrent s'immobiliser autour d'eux, et plus rien n'exista que ses yeux plongés dans ceux du duc.

Et, tandis que les embruns les éclaboussaient tous les deux, elle sut qu'elle l'aimait.

6

Bettina resta sur le pont afin de surveiller l'entrée du bateau dans le port de Southampton.

Elle était soulagée d'être enfin arrivée à la fin du voyage.

Depuis que le yacht était parvenu dans des eaux plus calmes, la tension était irrémédiablement montée à bord, du fait que lady Daisy et lady Tatham, remises de leurs malaises, avaient reparu en public pour s'entre-déchirer de plus belle à propos du duc.

Bien que Bettina eût laissé échapper ce détail, sir Charles savait bien quelle était la raison de leur antagonisme : chacune d'entre elles pensait que le duc avait accordé ses faveurs à l'autre.

En réalité, celui-ci passait le plus clair de son temps soit à jouer au bridge avec le capitaine, soit dans l'intimité de son salon particulier.

Mais la jalousie qui dévorait les deux belles dames avait affecté l'ambiance de tout le groupe et Bettina n'aurait jamais pensé accueillir la fin du merveilleux voyage avec autant de soulagement.

Elle se faisait également du souci à propos de lord Eustace qui profitait de chaque instant passé seul à seule avec elle pour lui réitérer ses projets de mariage et rien de ce qu'elle pouvait lui objecter ne semblait le faire changer d'avis.

« Il faudra que Papa se charge de le lui dire, une fois que nous serons arrivés en Angleterre », se dit-elle.

En même temps, elle ne pouvait s'empêcher d'éprouver une certaine honte à l'idée que son père avait laissé entendre à lord Eustace que ce dernier ferait un gendre plus qu'acceptable.

Depuis le jour où elle était tombée amoureuse du duc, il ne s'était pas passé de nuit sans qu'elle remercie le ciel de n'être pas contrainte d'épouser lord Eustace.

Chaque fois qu'elle regardait son visage sombre, déformé par la colère, et qu'elle entendait l'une de ses violentes diatribes contre son demi-frère ou ses invités, elle reconnaissait avoir eu une chance extrême d'échapper à tout cela.

« Comment aurais-je été capable d'endurer ces éclats pendant des années? » se demandait-elle. Cependant, elle devait reconnaître que si lord Eustace avait été le premier à lui faire sa demande, elle aurait bien été obligée d'accepter, quels qu'eussent été ses sentiments en l'occurrence.

Mais tout était différent à présent et, bien que le ciel au-dessus de leurs têtes les menaçât de ses nuages noirs, elle avait l'impression que l'Angleterre était baignée de soleil.

Après les adieux, elle se retrouverait seule avec le duc et son père, et elle attendait ce moment béni avec une impatience qui croissait à mesure que les heures passaient.

– Je l'aime! Je l'aime! se répétait-elle le soir dans son lit.

Bien qu'elle n'en ait pas eu conscience immédiatement, elle savait à présent qu'elle avait été amoureuse de lui dès le premier regard qu'ils avaient échangé.

Il était tellement magnifique, et son allure était empreinte d'une telle autorité qu'elle en concevait même une légère crainte.

Mais, lorsqu'il lui avait parlé sous les étoiles, et qu'elle s'était sentie envahie par une étrange sensation au contact de son épaule, l'amour était déjà là bien que son ignorance en la matière l'eût empêchée de le reconnaître.

Le yacht se dirigea vers le quai, et, soudain, une voix se fit entendre derrière son dos, et la fit sursauter.

– Ainsi voilà l'endroit où vous vous cachiez!

Elle n'eut pas besoin de tourner la tête pour savoir que lord Eustace se tenait à ses côtés, et elle imaginait déjà l'air farouche et désagréable qu'il arborait.

– Nous sommes arrivés! dit Bettina.

– Je viens d'entendre votre père dire que vous aviez l'intention de séjourner au château pour les fêtes de Noël.

– Oui.

– Je pensais que vous alliez à Londres. J'avais l'intention de vous rendre visite demain matin.

– Nous allons au château, fut la réponse laconique de Bettina.

– Je ne veux pas que vous y alliez!

Lord Eustace avait pris un ton de commandement.

– Tout est déjà arrangé, répondit rapidement Bettina.

– Dans ce cas, je m'en vais en toucher deux mots à votre père pendant le voyage en train afin de le persuader de changer d'avis. Nous devons discuter d'une foule de choses, Bettina, et plus vite nous serons mariés, mieux cela vaudra.

Bettina s'appuya solidement au bastingage.

Elle savait qu'ils devaient tous emprunter le train privé du duc en direction de Londres, mais que Varien, son père et elle-même en descendraient à Guilford d'où ils gagneraient le château.

Elle sentit tout d'un coup un malaise la gagner à l'idée que lord Eustace provoquerait une scène devant lady Daisy et lady Tatham.

Elle prit une longue inspiration.

– Il faut que je vous dise quelque chose, lui dit-elle, mais c'est un secret, et vous devez me jurer que vous n'en révélerez rien aux autres invités du groupe.

– Je n'ai aucune intention de leur adresser la parole si je peux l'éviter, lui répondit lord Eustace. Je peux cependant vous jurer que, dans l'avenir, ni vous ni moi ne serons jamais plus en contact avec les amis de Varien, sauf en cas de nécessité absolue.

– Dans ce cas, promettez-moi que ce que je vais vous confier restera secret, lui demanda Bettina.

– Je n'ai aucune idée de ce que vous allez me confier, mais je vous en donne ma parole, si tel est votre désir.

Bettina respira un bon coup.

– Je... Il m'est impossible de... vous épouser... parce que... je... je vais épouser le duc!

Les mots fatidiques avaient été prononcés et elle attendit la suite en tremblant.

Un silence complet s'établit pendant un long moment. Puis lord Eustace le rompit le premier :

– Est-ce que vous voulez vraiment dire que Varien vous a demandée en mariage et que vous avez accepté?

– Oui.

– Je puis à peine croire que... que vous... commença-t-il d'un ton furieux, puis il se reprit. ... Je suppose que vous n'avez pas été consultée sur ce point, dit-il comme s'il se parlait à lui-même. Ce serait exactement tout ce que votre père désirerait, d'autant plus que Varien a l'intention de m'écarter de sa succession.

Bettina ne répondit rien. Incapable de bouger, elle avait les yeux fixés dans le vague et avait peur même de penser.

Puis lord Eustace reprit :

– J'aurais dû me douter d'une pareille éventualité.

Tout en disant ces mots, il contenait à peine sa fureur; il tourna les talons et la quitta.

Un peu plus tard, elle l'aperçut qui descendait la passerelle menant au quai, loin devant le groupe des invités, et lorsque tous eurent atteint le train privé, il ne se montra nulle part.

Elle entendit le duc annoncer :

– Nous sommes prêts à partir. Est-ce que lord Eustace est dans le train?

– Il vient de me dire, Votre Grâce, qu'il ne se joindrait pas à nous, lui répondit un serviteur.

Le duc leva les sourcils pour toute réponse, mais ne fit aucun commentaire, et Bettina se sentit tout d'un coup libérée de la tension qui l'avait étreinte, à un point tel qu'elle en ressentit presque de la faiblesse, tant elle était soulagée de ne plus avoir à affronter lord Eustace.

Les serviteurs servaient le champagne et lady Daisy, confortablement installée dans un fauteuil, commença :

– J'espère bien, très cher Varien, que vous avez l'intention de donner une réception pour Noël et que vous me compterez parmi vos invités?

Elle avait pris un ton sans réplique, mais le duc lui répondit :

– Je ne me suis pas encore décidé à propos de ce que je vais faire pour Noël. Il faut d'abord que je rentre chez moi et que je m'occupe de ce qui s'est passé pendant mon absence.

– Si vous vous attendez à ce que le prince vous envoie une invitation, lui répondit Lady Daisy, je peux vous dire tout de suite qu'il sera à Sandringham *en famille*, et vous savez aussi bien que moi qu'il n'y a guère de possibilité de loger beaucoup de monde dans la maison.

Elle observa un silence, puis continua avec le sourire :

– Vous avez de la chance, le château est si grand.

Le duc se leva.

– Je crois que mon secrétaire a du courrier pour moi dans le train, dit-il, aussi ne comptez pas sur moi pour le bridge.

Il sortit et Bettina nota le regard perplexe que lady Daisy lui lança, tandis que les belles lèvres se serraient de dépit.

Avec beaucoup de tact, sir Charles insista pour qu'il en soit fait selon la volonté du duc, et les tables de bridge furent bientôt installées, ce qui laissa à Bettina le loisir de reprendre sa lecture.

Cependant, elle eut beaucoup de mal à se concentrer sur autre chose que la perspective de ce qui l'attendait.

Maintenant, elle pourrait enfin parler au duc sans craindre d'être surprise. Ils pourraient discuter à loisir de la date de leur mariage, et cette idée fit battre son cœur plus vite.

Le duc fit son apparition à l'heure du déjeuner et le repas était à peine fini que le train entrait en gare de Guilford.

– Je ne savais pas que Charles allait vous accompagner au château, lui fit remarquer lady Daisy.

Bettina se rendit compte qu'elle ne mentionnait même pas son nom tant elle devait paraître insignifiante à ses yeux.

– Charles m'accompagne pour m'aider à faire faire de l'exercice aux chevaux, répondit le duc avec un sourire en direction de son interlocutrice. Je suis sûr qu'ils sont tous devenus gras et paresseux pendant mon absence.

– Je crois que le terrain sera trop dur pour que vous puissiez aller chasser, lui dit lady Daisy d'un ton presque hargneux.

– Il y a plus de neige que de gel, dit le duc avec optimisme.

– Vous devriez venir à Londres aussitôt que vous le pourrez, insista lady Daisy, et n'oubliez pas de m'inviter pour Noël.

En remarquant la gêne que l'intervention de lady

Daisy avait provoquée, lady Tatham se décida à prendre un ton radicalement différent.

– Varien, ce voyage a été un véritable enchantement, roucoula-t-elle. Je ne pourrai jamais assez vous remercier de m'avoir permis d'assister à un tel événement historique, et j'en garderai toujours le souvenir. (Elle le dévisagea de ses yeux verts en amande et ajouta doucement :) J'ai l'intention de vous donner quelque chose de très spécial pour célébrer le souvenir des moments heureux que nous avons passés ensemble.

Bettina vit la fureur envahir le visage de lady Daisy mais, au même moment, le train s'arrêta et le duc profita de cette excuse pour précipiter ses adieux aux autres membres du groupe.

Sir Charles et Bettina firent de même. Puis, sans un regard pour le train qui allait repartir, ils se dirigèrent vers la voiture du duc qui les attendait.

Tiré par quatre magnifiques chevaux, le cabriolet de voyage frappé du blason aux armes ducales offrait un confort que Bettina n'aurait jamais soupçonné pouvoir exister dans une voiture.

Les domestiques voyageaient en voiture-landau avec les bagages; ils purent donc prendre immédiatement la route et roulèrent rapidement, une fois dépassée l'enceinte de la ville.

Bettina pouvait à présent contempler la campagne qui disparaissait sous la neige, et ce spectacle était de toute beauté.

– C'était un beau voyage, Varien, dit sir Charles en allumant un cigare, mais un peu trop long, comme tous les voyages.

– Je suis d'accord avec vous, lui répondit le duc.

J'ai pensé trop tard à faire voyager mes invités par les terres au départ de Marseille. Je crois qu'à part vous et Bettina, personne n'a apprécié la traversée du golfe de Gascogne.

– Bettina s'est révélée être un aussi bon marin que vous, Varien, dit sir Charles avec fierté.

– Ce qui nous fait un point de plus en commun, fit remarquer le duc à Bettina.

Elle s'interrogea sur les autres points qu'il avait sous-entendus, mais, comme elle était trop timide pour les lui faire préciser, elle se contenta de rester silencieuse, assise à ses côtés sur la banquette arrière, tandis que son père, assis en face d'eux, entretenait la conversation.

– Je me demande si Daisy n'avait pas raison en disant que le terrain serait trop dur pour chasser, demanda sir Charles.

– J'espère bien qu'elle s'est trompée, répliqua le duc, mais nous le saurons dès notre arrivée. C'est extraordinaire ce que les femmes peuvent détester que nous fassions du sport.

Bettina se promit bien de ne jamais agir de cette façon-là.

Sa mère lui avait dit un jour :

– Je suis vraiment très heureuse que votre père sorte au grand air. Cela lui fait tellement plus de bien que de rester assis toute la journée devant une table de jeu alors qu'il n'en n'a pas les moyens, et de fumer trop de cigares qui sont mauvais pour ses poumons.

– Mais il vous laisse toute seule, maman, avait protesté Bettina.

Sa mère avait souri.

– Il revient vers moi, ma chérie, pour me raconter ses triomphes, et c'est la seule chose qui compte.

« Comme j'aimerais me rappeler tout ce que maman me disait », pensait à présent Bettina, mais elle se rassura en pensant que peut-être son instinct et son amour lui dicteraient ce qu'il conviendrait de faire.

Ils roulaient déjà depuis plus de trois quarts d'heure quand, tout à coup, le château se dressa devant eux.

D'après toutes les descriptions qu'on lui en avait faites, Bettina s'attendait à voir un bâtiment impressionnant, mais la réalité dépassait tout ce qu'elle avait pu imaginer : il était encore bien plus grand, plus formidable et certainement beaucoup plus beau qu'elle ne s'y attendait.

Le drapeau aux armes du duc claquait au-dessus du vaste toit garni de tourelles, de coupoles, de statues et de cheminées; des terrasses s'ouvraient de toutes parts, tandis que les murs du parc où courait une rivière enserraient des jardins, des buissons et des bois.

Elle sentit que toute parole eût été superflue et se contenta donc de regarder autour d'elle en ouvrant de grands yeux.

Ils étaient à peine arrivés qu'une nuée de valets de pied se précipitèrent pour les accueillir dans le vaste hall de marbre où s'enroulait un escalier de chêne.

Tandis qu'ils étaient introduits dans un salon aussi vaste qu'une salle de bal, Bettina prit peur, tout d'un coup.

C'était chose facile que de penser à épouser le

duc alors qu'ils évoluaient dans les limites du yacht, aux dimensions déjà imposantes selon certains.

Mais c'était tout autre chose que s'imaginer être la maîtresse de ce colossal édifice où grouillaient des cohortes de serviteurs, sans compter les vastes domaines environnants et toutes les conséquences qu'entraînait la richesse.

« J'y serai perdue... étouffée! » se dit Bettina dans un soudain mouvement de panique.

Elle sentit tout à coup la main du duc prendre la sienne, pendant qu'une voix grave disait doucement :

– Bienvenue chez moi, Bettina! J'espère que vous apprendrez à l'aimer comme moi!

Bettina se sentit renaître à ce contact et la bonté de ses paroles lui redonna du courage.

A ce moment précis, elle sut que s'il lui avait demandé de vivre dans une caserne ou au sommet des montagnes de l'Himalaya, elle aurait immédiatement accepté.

– Je suppose que vous voulez boire quelque chose, Charles, dit le duc, Bettina aimera certainement du thé; il sera prêt dans quelques minutes.

Il se tourna vers elle en souriant et remarqua :

– Pourquoi ne montez-vous pas enlever votre chapeau et votre cape? Vous vous sentirez bien plus à l'aise.

– Oui, bien sûr, dit Bettina docilement.

Le duc l'accompagna jusque dans le hall où il s'adressa au majordome.

– Veuillez dire à Mrs Kingdom de préparer la chambre de verdure pour miss Charlwood et de mettre sir Charles à côté d'elle.

– Très bien, Votre Grâce.

Le majordome escorta Bettina jusqu'en haut des escaliers où l'attendait la gouvernante, toute bruissante de soie noire, une châtelaine d'argent à la taille.

– Il faut mettre miss Charlwood dans la chambre de verdure, Mrs Kingdom.

Mrs Kingdom fit une révérence et Bettina lui tendit la main.

– Ce château est vraiment magnifique, Mrs Kingdom!

– C'est vrai, miss.

La gouvernante la précéda d'un air affairé à travers un long passage agrémenté de meubles précieux et de portraits aux cadres dorés.

Elle avait grande envie de s'arrêter pour les regarder, car elle avait deviné qu'il s'agissait des portraits des ancêtres du duc, mais elle se rappela qu'elle aurait bientôt tout le temps d'explorer le château jusque dans ses moindres recoins.

Enfin, Mrs Kingdom arriva devant une porte qui s'ouvrait sur une chambre dont les dimensions n'étaient pas aussi vastes ni terrifiantes que Bettina l'avait craint tout d'abord.

Elle était assez basse de plafond, mais très jolie avec ses murs tapissés de papier chinois à fleurs, motif que l'on retrouvait également sur les tentures et le dessus de lit.

– Comme c'est joli! s'exclama Bettina.

– Nous sommes dans l'aile élisabéthaine, miss, qui vient tout juste d'être refaite par Sa Grâce.

– C'est adorable! fit Bettina en regardant autour d'elle toutes ces fleurs.

Elle crut soudain connaître la raison pour laquelle le duc avait choisi cette chambre pour elle.

– C'est encore beaucoup plus joli en été, miss, lui expliqua Mrs Kingdom. L'escalier que vous voyez descendre du balcon mène à un petit jardin privé dont les murs se couvrent de glycine.

– Cela me semble tout à fait adorable!

– Bien sûr, il y a de la neige en ce moment.

– J'étais en train de penser qu'il faisait délicieusement bon dans la maison, dit Bettina.

La gouvernante sourit.

– Sa Grâce insiste toujours pour que nous entretenions un feu dans chaque chambre en cette saison.

– Dans chaque chambre? répéta Bettina.

– Oui, miss. C'est le seul moyen de garder une température convenable pendant tout l'hiver; nous n'attrapons jamais de rhumes et nous ne sommes jamais enchifrenés comme c'est si souvent le cas chez les autres.

– Cela me semble être un grand luxe.

– Cela nous humilierait de ne pouvoir offrir tout le confort possible à nos invités, lui répondit la gouvernante.

Bettina savait très bien que, lorsque les domestiques se permettaient de parler de l'endroit où ils travaillaient comme de leur propre maison, c'était signe qu'ils y étaient heureux.

Tout en enlevant son chapeau et sa cape, elle pensait à la bonté dont le duc faisait preuve à son égard en l'installant dans une chambre qu'elle aimerait puisqu'elle aimait les fleurs.

C'est à ce moment-là qu'elle aperçut sur la coiffeuse deux vases garnis d'orchidées blanches et elle se dit que peut-être, il avait eu le temps de télégraphier pour les commander. Puis elle songea qu'il ne pouvait s'agir que d'une coïncidence.

Une femme de chambre vint lui demander si elle avait besoin d'aide, mais Bettina était déjà prête à redescendre.

Elle retrouva le chemin du salon et découvrit, à son arrivée, que l'on avait servi un thé des plus élaborés devant la cheminée. Il y avait une profusion de plateaux d'argent et d'assiettes à gâteaux sur lesquels étaient disposées toutes sortes de friandises.

– Nous vous attendions pour servir le thé, dit le duc. Il faut vous habituer au rôle de maîtresse de maison.

Bettina s'installa en rougissant, et tandis que sir Charles refusait la tasse de thé qu'elle lui offrait, le duc en accepta une et elle se servit en dernier.

– Vous avez l'air d'avoir envie de dire quelque chose, dit sir Charles alors que le duc présentait son dos au feu.

– Je sais ce dont vous voulez que nous parlions, Charles, dit le duc avec un léger sourire, mais j'ai l'intention de discuter de notre mariage seul à seule avec Bettina. Ce n'est qu'après que nous vous dirons ce que nous avons décidé.

– Vous devenez tyrannique, remarqua sir Charles en souriant.

– Et pourquoi pas? s'enquit le duc. C'est le jour de mariage de Bettina, et je pense qu'elle est la première concernée quant aux décisions à prendre, aussi ferons-nous comme elle le désirera.

– Je ne proteste pas, reprit sir Charles. Je ne suis que trop heureux de voir réunies les deux personnes au monde qui me sont les plus chères.

– Je suis sûr que Bettina a besoin de se reposer avant le dîner, dit le duc. Mais je veux l'emmener faire le tour du château avec moi et, ce soir, il fera trop sombre.

– Bien sûr, acquiesça sir Charles, mais il reste encore demain, à moins que vous n'ayez d'autres projets.

– Voilà ce dont je voulais vous entretenir, dit le duc avec impatience. Il faut que je me rende à Londres. Ce n'est que pour la journée, et je serai de retour tard dans la soirée, peut-être après dîner, même.

– C'est ainsi que vous nous abandonnez déjà? dit sir Charles.

– Laissez-moi vous dire que vous trouverez dans les écuries de quoi vous amuser. Est-ce que vous montez à cheval, Bettina?

– Quand j'ai la chance de pouvoir emprunter une monture, répliqua celle-ci.

– Eh bien, vous trouverez un choix suffisant pour vous satisfaire, répondit le duc (et il ajouta en direction de sir Charles :) Il n'y a pas de chasse, demain, Charles, mais, à moins qu'il ne gèle encore plus fort, nous en aurons une jeudi.

– Dans ce cas je vais emmener Bettina en promenade à cheval pour voir si elle n'a pas oublié toutes les leçons que je lui ai apprises.

– J'aimerais bien venir avec vous, dit le duc, mais il faut absolument que je sois à Londres demain.

Bettina ne put s'empêcher de se demander si son

voyage à Londres n'avait pas pour but une visite à lady Daisy et lady Tatham et s'il était dans ses intentions de leur annoncer son mariage.

Une pensée s'imposa soudain à son esprit : et si, malgré son mariage, il continuait à les voir comme par le passé?

Cette idée était tellement torturante qu'elle éprouva soudain les premières affres de la jalousie.

« Comment puis-je m'empêcher d'y penser alors que je l'aime tant, se disait-elle. Il est tellement beau, tellement attirant, que je comprends parfaitement qu'il risque toujours d'y avoir des lady Daisy et des lady Tatham pour le poursuivre.

Elle ressentit alors l'immensité de la maison peser comme une chape sur sa personne insignifiante, et il lui sembla que tout cela était si difficile à surmonter que l'envie la prit de s'enfuir.

« Je vais le décevoir », se persuada-t-elle avec tristesse.

Mais lorsqu'en descendant pour le dîner, elle vit le duc, splendide dans son habit de soirée, qui l'attendait dans le salon, elle se résolut à endurer n'importe quoi. Car elle l'aimait et il en valait la peine.

Elle avait choisi de porter une des robes qu'elle avait emportées sur le yacht et qu'une femme de chambre avait repassée rapidement après avoir défait ses bagages.

Bettina avait pris soin d'épingler deux orchidées sur son corsage.

Lorsqu'elle lui fit sa révérence, elle vit le regard du duc posé sur les fleurs et elle les caressa de ses longs doigts.

– Elles étaient dans ma chambre, et elles m'ont fait penser à celles que vous m'aviez données pour la réception du khédive. J'étais tellement heureuse de les porter en guise de bijoux.

– Je n'ai pas oublié, dit le duc, mais, à vrai dire, je vous en aurais fait envoyer ce soir si je n'avais pas déjà décidé de vous offrir quelque chose d'autre.

Tout en parlant, il avait pris une boîte qui se trouvait sur la table près de la cheminée, et la lui tendit.

– Ceci appartient à la collection des Alveston, mais j'ai pensé que vous aimeriez les porter en attendant que je vous achète des bijoux qui ne seront qu'à vous.

Bettina ouvrit la boîte et laissa échapper un cri de surprise, car elle contenait un bouquet de fleurs en diamants du plus délicat travail et d'une finesse exquise, réplique exacte de fleurs réelles.

– Quelle merveille! dit-elle dans un souffle.

– Je savais que vous les aimeriez, dit le duc. Elles ont été faites par un maître artisan du siècle dernier, et j'ai pensé, Bettina, qu'elles vous siéraient.

– Merci, merci beaucoup! dit Bettina. Puis-je les mettre?

– Vous me décevriez beaucoup si vous ne les portiez pas.

Elle enleva les deux orchidées qu'elle avait accrochées à son corsage, mais lorsqu'elle voulut y fixer la broche, le duc prévint son geste.

Il s'exécuta avec dextérité, et Bettina eut le temps de sentir un instant ses doigts sur sa peau, ce qui la fit frissonner.

Comme s'il l'avait également senti, le duc la

regarda, et Bettina se sentit à nouveau trembler au moment où leurs yeux se rencontrèrent.

Avant que l'un d'eux ait pu dire un mot, sir Charles faisait son entrée dans le salon.

Le jour suivant, Bettina inspecta les écuries en compagnie de son père, puis ils firent une promenade à cheval dans le parc.

Il y avait plusieurs mois que Bettina n'avait pas fait de cheval et elle n'avait jamais eu l'occasion de monter un animal aussi magnifique que celui que le maître des écuries avait choisi pour elle.

Parmi les vêtements qu'elle avait emportés en Egypte se trouvait un costume d'amazone que l'une de ses amies françaises lui avait donné parce que celui qu'elle avait était complètement usé.

Il venait à point nommé, mais la coupe était de loin trop recherchée pour ce qui se portait alors en Angleterre.

Son père lui en fit la remarque en la regardant d'un œil critique :

– Vous feriez mieux de vous commander des vêtements vraiment élégants chez Busvines. Ce sont les meilleurs tailleurs, actuellement, et vous ne devriez pas vous habiller avec trop de recherche pour aller à la chasse.

– Il me semble que Busvines est très cher, papa.

– Qu'est-ce que cela peut faire? lui répliqua sir Charles. (Comme Bettina le regardait d'un air interrogateur, il ajouta après quelques instants :) Varien m'a déjà dit qu'il se chargeait de votre trousseau.

– Oh, papa, je suis sûre que... que cela ne se fait pas.

– C'est bien possible, répondit sir Charles, mais je vous vois assez mal vous marier en habit de Cendrillon! Comme vous le savez, Varien a l'habitude d'être entouré de femmes bien habillées.

Bettina ne fit aucun commentaire. Elle trouvait simplement la situation plutôt embarrassante : le duc était obligé de payer toutes ses dépenses avant même qu'elle ne fût sa femme, et elle trouvait que sir Charles acceptait un peu trop facilement cet état de choses.

D'après les conversations qu'elle avait surprises entre lady Daisy et lady Tatham, elle en avait déduit que le duc leur avait offert d'innombrables cadeaux et avait réglé une grande partie de leurs factures.

D'instinct, elle avait envie de se montrer différente, et d'éviter le plus possible de lui prendre quoi que ce soit, jusqu'à ce qu'elle porte son nom.

Elle devinait que son père n'aurait pas compris sa répugnance à se conduire de la même façon que les autres femmes que le duc avait connues mais, quel que fût son désir de payer ses toilettes, elle savait qu'elle n'en avait pas les moyens.

En même temps, Bettina se tourmentait quant à l'attitude à adopter envers le duc, ou du moins à ce qu'elle devrait lui dire pour qu'il se rende compte qu'elle ne tenait pas à se précipiter sur tout ce qu'il pouvait lui offrir.

La nuit précédente, en retirant la broche que le duc lui avait donnée, elle admira les mille feux qui scintillaient dans la pénombre de la chambre et ils avaient presque, pour elle, la valeur d'un message.

Puis elle s'était reprise en se reprochant son excès d'imagination.

Le duc était gentil et plein de considération envers elle, et ce bijou n'était qu'une pièce de la collection des Alveston.

Mais il avait prêté à lady Daisy et lady Tatham les bijoux qu'elles avaient arborés lors de la réception donnée par le khédive.

Aussi avait-elle fini par préférer les orchidées – car, au moins, ces dernières étaient un cadeau personnel et n'avaient jamais été portées auparavant par quelqu'un d'autre.

Son ingratitude lui apparut tout d'un coup. Mais, allongée sur son lit, avec seule la lumière dansante du foyer sur le joli papier fleuri, elle s'avoua être incapable de définir ce à quoi son cœur aspirait profondément.

– Je devrais être la personne la plus heureuse du monde, se dit-elle à haute voix, et pourtant, elle sentait que quelque chose lui manquait.

Après le thé, la neige s'était mise à tomber et, tandis que sir Charles s'était installé près du feu, Bettina fit le tour du salon pour regarder les gravures de plus près, ainsi que les exquis objets d'art qui étaient disposés sur des tables de marqueterie.

Elle aurait voulu faire le tour des autres pièces du château, mais le duc avait exprimé le désir de les lui faire visiter lui-même et elle se mit à compter les heures qui la séparaient encore de lui.

– J'aimerais lui parler, j'aimerais être seule avec lui, se murmurait-elle doucement, et elle se demanda ce qu'il lui suggérerait pour leur mariage.

« Peut-être voudra-t-il d'abord de longues fiançailles », se dit-elle, pour avoir le temps de s'habituer à l'idée de se remarier.

Elle avait de la peine en pensant à la femme qui, alors, avait partagé sa vie, et aux malheurs que ce mariage avait entraînés pour lui.

« Je ferai tout ce qu'il voudra », se jura Bettina en son for intérieur, mais elle souhaita que les désirs de son futur mari n'incluent pas la fréquentation d'autres femmes.

Cette idée finit par la rendre nerveuse et sir Charles se réveilla pour lui demander :

– Qu'est-ce que vous êtes en train de mijoter? Et qu'espérez-vous découvrir à la fin?

– Seulement d'autres trésors, dit Bettina en souriant. Je n'ai jamais vu autant de jolies choses dans une seule pièce.

– Attendez de voir le reste du château, lui répondit sir Charles. Toutes ces merveilles ont été réunies par des générations successives d'Alveston, qui tous ont eu la passion des collections, sous des formes diverses. (Bettina s'était mise à l'écouter attentivement, sir Charles continua :) Vous trouverez dans le jardin des temples qui ont été rapportés de Grèce, et dans la salle d'armes il y a des pièces qui viennent de Turquie et des Indes. Le mobilier français réuni ici constitue une collection unique en son genre, sans parler des tableaux qui sont tous plus beaux les uns que les autres.

– Papa, je voudrais vous demander quelque chose, dit Bettina en prenant place à côté de lui.

– Qu'est-ce qu'il y a?

– Est-ce que... est-ce que vous pensez... que... qu'il est possible que je rende le duc heureux?

Sir Charles resta un instant silencieux, puis il dit d'une voix changée :

– Je comprends parfaitement ce qui vous tourmente, Bettina, et je vais y répondre honnêtement : je n'en sais rien!

– C'est ce dont j'avais peur, papa.

– J'adore Varien pour son côté grand seigneur, et pour sa bonté et sa générosité. Et, pourtant, je sens qu'il a dressé, entre lui et les autres, un mur que personne, pas même ses meilleurs amis, n'a réussi à franchir.

– C'est... exactement... ce que j'avais... ressenti, murmura Bettina.

– C'est une réserve, ou plutôt une défense qu'il s'est construite après le désastre de son premier mariage, dit sir Charles. Mais quoi qu'il en soit, cela fait de lui un homme inabordable, en quelque sorte. (Il se leva et se plaça le dos au foyer, avant de continuer :)

– Vous êtes jeune, Bettina, et vous êtes idéaliste. Je sais qu'en fait vous me demandez si Varien arrivera jamais à vous aimer. Vous avez envie que le conte de fées se termine de façon heureuse. Et quelle femme ne le voudrait pas?

Bettina ne répondit rien, mais gardait les yeux fixés sur le visage de son père.

– Tout ce que je puis dire, c'est que j'espère que vous trouverez un jour ce que votre mère et moi avons partagé, ajouta sir Charles, le bonheur parfait qui unit deux êtres qui s'aiment vraiment. En ce qui concerne Varien, je suis incapable de vous dire si vous réussirez à briser cette barrière qu'il met entre lui et ceux qui cherchent à atteindre son cœur. (Sir Charles jeta son cigare dans le feu.) Que diable! J'aurais dû vous répondre de façon tout à fait différente. J'aurais dû vous faire croire que tout est possible et que vous réussirez.

– Je préfère... savoir... la vérité, papa.

– Tout ce que je peux ajouter, c'est que, peut-être, un événement fortuit vous donnera cette chance, conclut sir Charles. Il m'est souvent arrivé de parier sur un cheval peu connu, et d'avoir la surprise de le voir arriver le premier au poteau.

Bettina se leva pour embrasser son père sur la joue.

– Merci, papa.

Elle quitta le salon, et sir Charles la regarda s'éloigner avec une expression peinée dans les yeux.

Ils se mirent au lit de bonne heure; comme le fit remarquer sir Charles, cela le changeait des longues veilles passées à jouer aux cartes à bord du *Jupiter;* la neige l'avait engourdi. Elle était tombée durant toute la soirée mais, lorsque Bettina jeta un coup d'œil par la fenêtre de sa chambre à coucher, la pleine lune avait réussi à percer les nuages et l'on pouvait même distinguer quelques étoiles dans le ciel.

Leur éclat n'était en rien comparable à celui des étoiles que le duc et elle-même avaient admirées dans le firmament au-dessus du désert, mais au moins les faisaient-elles penser à lui, et elle eut hâte d'être au lendemain, où ils pourraient à nouveau se voir.

– Je l'aime, dit-elle doucement tout en levant les yeux vers le ciel profond, et elle fit une prière pour qu'un jour il lui rende son amour.

– Rien qu'un peu, mon Dieu, dit-elle, rien qu'un tout petit peu. Je n'exige pas une chose aussi belle que l'amour qui a uni papa et maman, je ne demande rien qu'un peu d'amour. Faites qu'il ait envie d'être avec moi et qu'il ne trouve pas ma compagnie ennuyeuse.

Le clair de lune éclairait le jardin couvert de neige, et elle pouvait même apercevoir les arbres qui, au delà, croulaient sous le poids de ce blanc manteau.

– J'ai l'impression d'être dans un pays de contes de fées et, bien que le duc soit indubitablement le Prince Charmant, je n'ose espérer représenter pour lui la princesse qu'il a cherchée toute sa vie.

Cette idée était déprimante. Elle laissa retomber les rideaux et traversa la chambre pour se mettre au lit.

La lueur du foyer dansait sur les fleurs du papier peint chinois, sur les orchidées épanouies de la coiffeuse, ainsi que sur les rideaux où des mains habiles avaient brodé, voici quelques siècles, des myosotis, des roses et du muguet.

« Tout est tellement beau, ici, mais il y faut de l'amour », se dit-elle.

Ses yeux se fermèrent et elle commençait déjà son voyage vers le pays des rêves lorsqu'elle entendit un bruit qui venait de la fenêtre.

Pendant un instant, le bruit ne fit que s'enregistrer dans son esprit. Elle eut la vague impression qu'une branche de lierre frappait la vitre.

Cela arrivait souvent avec le vent et, plus d'une fois, elle avait été réveillée de cette façon en France, tandis que le bâtiment de l'école résonnait du bourdonnement des insectes dans le lierre grimpant.

Mais le bruit se répéta, et Bettina entendit nettement la porte-fenêtre s'ouvrir : surprise sans être effrayée, elle s'assit dans son lit.

Les rideaux s'entrouvrirent et lord Eustace apparut dans la pièce.

La lueur du feu éclairait son visage et elle fut tellement étonnée de le voir qu'elle s'exclama :

– Lord Eustace! Qu'est-ce que vous faites ici?

Il s'approcha d'elle en gardant son chapeau sur la tête et elle s'aperçut qu'il était revêtu d'une longue pelisse de couleur sombre.

– Pourquoi cette visite au château? lui demanda-t-elle.

– Je suis venu pour vous.

– Que... que voulez-vous dire?

– Ce que j'ai dit.

Il était arrivé au bord de son lit et elle le regardait, incapable de croire à sa présence.

– Je vous avais dit que j'avais l'intention de vous épouser, dit lord Eustace, et comme je me suis rendu compte de votre incapacité à décider cela toute seule, j'ai pris la décision pour vous.

– Je ne sais pas de quoi vous voulez parler, s'écria Bettina. Il faut que vous partiez... Partez tout de suite! Vous n'avez aucun droit de vous trouver dans ma chambre à coucher, et vous le savez très bien!

– Certainement, je m'en vais, lui répondit-il, mais vous venez avec moi.

Tout en parlant, il s'était penché vers elle et elle

eut le temps d'apercevoir un mouchoir dans ses mains.

Elle recula contre les oreillers tout en se défendant de ses bras tendus, et cria :

– Qu'est-ce... que faites-vous? Allez... vous-en! Ne me... touchez...

Elle n'eut pas le temps d'achever sa phrase : il appliqua le mouchoir sur la bouche, et acheva de la bâillonner.

Il fit un nœud serré derrière la nuque, et malgré les efforts que la jeune fille tentait pour se dégager, elle se rendit bientôt compte qu'il lui était impossible de crier.

Ses vêtements de nuit embarrassaient ses mouvements, et avant qu'elle ait pu se jeter de l'autre côté du lit pour tenter de lui échapper, il avait déjà sorti de la poche de son manteau une large courroie.

Il attrapa la jeune fille par les bras et les lui tordit puis les lia dans le dos.

Il avait œuvré avec une telle dextérité que Bettina se retrouva immobilisée avant d'avoir pu faire quoi que ce soit pour se défendre.

Puis, arrachant les draps, lord Eustace s'en servit pour attacher les chevilles de sa victime, qu'il enveloppa dans une couverture, et tous les efforts qu'elle fit pour l'en empêcher se révélèrent inutiles.

A présent, elle n'était rien qu'un objet inerte, incapable de crier ni de bouger, et lorsqu'il l'eut enveloppée dans la couverture jusqu'au visage, elle sentit qu'il la soulevait dans ses bras.

Elle devina alors qu'il avait l'intention de l'emmener avec lui.

Elle songea avec désespoir qu'une fois son forfait

accompli, ni le duc ni son père ne pourraient la retrouver, et elle appartiendrait à lord Eustace, ainsi qu'il en avait décidé.

– Au secours! voulait-elle crier, mais aucun son ne franchissait ses lèvres.

Elle devina que lord Eustace la portait jusqu'à la fenêtre. Ils descendirent ensuite les marches de pierre qui menaient du balcon de sa chambre au jardin.

Bettina appelait avec désespoir du fond de son cœur la personne qu'elle aimait et qui devait donc l'entendre, et qui devait savoir qu'elle était en danger et avait besoin de lui : le duc.

« Sauvez-moi! Sauvez-moi! Aidez-moi! Mon Dieu, faites qu'il me vienne en aide! »

Lord Eustace avait atteint le jardin et il marchait dans la neige en direction de la grille de fer s'ouvrant sur les pelouses.

L'épaisseur de la neige sur l'herbe rendait sa progression silencieuse; le visage complètement dissimulé par la couverture, Bettina se sentait en plein cauchemar et elle n'arrivait pas à se réveiller.

« Aidez-moi... oh... aidez-moi, criait-elle au duc. Il est en train de... m'enlever... et vous... ne me... reverrez... jamais! »

Le ciel dut entendre sa prière car une voix qu'elle reconnut s'éleva tout d'un coup :

– Qu'est-ce qui se passe ici, par l'enfer? Qui êtes-vous?

Un juron claqua dans l'air comme un coup de pistolet.

– Bon Dieu, vous, Eustace! Qu'est-ce que vous faites ici?

– J'emporte quelque chose qui m'appartient, dit lord Eustace avec impudence.

Bettina craignit que le duc ne reconnaisse pas le fardeau que lord Eustace emportait.

Elle avait envie de hurler qu'elle était là et qu'il devait la sauver mais, bien qu'elle essayât de bouger, elle en était empêchée par les bras de lord Eustace qui la maintenaient fermement.

– Qu'est-ce que vous avez là? lui demanda le duc.

Bettina se dit qu'ils devaient se trouver dans l'ombre d'un mur, où ils étaient hors d'atteinte du clair de lune qui aurait révélé la nature de son fardeau.

– C'est mon affaire! répliqua lord Eustace. Laissez-moi passer, Varien!

– Pas avant d'avoir vu ce que vous essayez de me voler, lui répondit le duc.

– Je n'ai nullement l'intention de vous le montrer.

– Et moi je veux le savoir!

Le duc ébaucha probablement un mouvement dans leur direction, car, soudain, Bettina sentit qu'on la laissait brusquement tomber sur le sol, et le tapis de neige amortit sa chute.

Le mouvement brusque avait déplacé la couverture et lui avait permis de voir que lord Eustace, une fois débarrassé d'elle, s'était rué sur le duc et l'avait frappé.

Il avait pris son demi-frère par surprise et, dans le mouvement que fit le duc pour éviter son coup en rejetant la tête de côté, son chapeau tomba. Elle le vit qui vacillait un moment, puis il lui rendit coup pour coup.

Ils se battaient avec violence et Bettina comprit que toute la haine que lord Eustace avait accumulée contre son demi-frère s'exprimait dans la fureur avec laquelle il portait ses coups.

Toutefois, le duc était à la fois plus grand et plus fort que son adversaire et – Bettina ne l'apprit que bien plus tard – il bénéficiait d'un entraînement régulier en tant que boxeur amateur.

Il y eut un moment de bousculade, puis le bruit sourd des coups échangés et, soudain, le combat fut terminé.

D'un uppercut bien placé, le duc fit pratiquement voltiger lord Eustace et ce dernier retomba inanimé sur le sol enneigé.

Le duc s'assura de la défaite de son adversaire, puis se tourna immédiatement dans la direction de Bettina.

Il aperçut le bâillon qui recouvrait sa bouche, mais se contenta de la soulever dans ses bras et, tout en la tenant fermement contre lui, il retraversa le jardin, gravit les marches de pierre, et pénétra dans la chambre de la jeune fille.

Il la transporta jusque sur le tapis, devant le feu, et la remit sur ses pieds. Mais il la vit osciller, et comprit qu'elle ne pouvait faire aucun mouvement.

Tout en la maintenant d'un bras contre sa poitrine, il défit de l'autre main le nœud du bâillon.

Encore toute tremblante de froid et de terreur, elle éclata en sanglots et enfouit son visage dans l'épaule de son sauveteur.

– Tout va bien, lui dit-il. Tout va bien. Vous êtes sauvée.

La couverture avait glissé sur le sol, et c'est alors qu'il aperçut qu'un autre lien entravait ses bras et il le défit immédiatement.

Bettina s'accrocha à lui tout en criant des phrases incohérentes à travers ses larmes.

– Non, non! Je... ne... veux pas... dormir... ici! Il va... revenir. Il va... m'enlever!

Le duc ne discuta pas. Il l'emporta dans ses bras et atteignit le couloir.

La plupart des lumières étaient éteintes, mais il faisait assez clair pour qu'il pût retrouver son chemin; tandis qu'il marchait, Bettina continuait de pleurer contre son épaule.

Il ouvrit enfin une porte et elle devina qu'ils étaient entrés dans une chambre située à l'autre extrémité du château.

– Ici, vous serez en sécurité, dit le duc, rompant enfin le silence. Ma chambre est juste à côté de la vôtre, Bettina, et je vous jure que personne ne viendra jamais plus vous enlever.

Il la déposa sur le lit et défit le nœud qui retenait encore ses chevilles prisonnières. Puis il la borda et resta auprès d'elle en la protégeant de sa haute stature.

Elle distinguait sa silhouette qui se découpait à la lueur du feu de cheminée, mais les larmes qui noyaient ses yeux l'empêchaient de déchiffrer l'expression du visage de son sauveteur. Elle lui tendit ses deux mains.

– Ne me... quittez pas, implora-t-elle. De grâce... ne... partez pas.

– Je vais rester là, Bettina, lui dit-il, et il faut que vous me racontiez comment tout cela est arrivé.

Mais si je laisse la porte ouverte, me permettez-vous de me changer dans la pièce à côté?

Tout en parlant, il s'était détourné et elle aperçut le col défait de sa chemise, la cravate dénouée, et l'estafilade qui lui balafrait le visage saignait encore.

– Vous êtes blessé! s'écria-t-elle. Lord Eustace... vous... vous a blessé!

Le duc porta ses doigts à son visage.

– Je crois que c'est sa chevalière qui m'a égratigné la joue, dit-il. Ce n'est pas grave.

Il lui sourit, puis se dirigea vers la porte de sa chambre à coucher qu'il laissa grande ouverte, et Bettina l'entendit qui échangeait quelques mots avec quelqu'un, probablement son valet qui l'avait attendu.

« Je... je suis près... de lui. Il est... là... et... et lord Eustace... ne... ne peut plus me faire de mal », se disait-elle pour se rassurer.

En même temps, son cœur battait encore la chamade, et il lui était difficile de croire que le cauchemar était vraiment terminé.

Elle avait les pieds et les mains glacés, mais la chambre était agréable.

La lueur dansante du foyer laissait entrevoir une pièce aux belles dimensions; la jeune fille était étendue sur un lit à baldaquin faisant face à trois hautes fenêtres encadrées de tentures bleues en satin damassé.

Mais elle ne pouvait que fixer son regard sur la porte où le duc devait réapparaître.

Comment avait-il été possible qu'il la sauve? Comment avait-il pu deviner ce qui était en train de se passer lorsque son cœur l'appelait du plus profond de son désespoir?

Au bout de quelques minutes, qui semblèrent une éternité à Bettina, le duc revint dans la chambre et referma la porte derrière lui.

Il entreprit de remettre quelques bûches dans le feu, puis, tandis que les flammes montaient en projetant une lumière dorée alentour, elle remarqua qu'il avait enfilé une veste d'intérieur en velours du même genre que celle qu'il portait de temps en temps sur le yacht, et il avait noué un foulard de satin blanc autour du cou.

Il s'assit sur le côté du lit et lui fit face.

– Comment ai-je pu savoir, comment ai-je fait pour deviner que vous étiez dans une situation si dramatique?

Bettina s'agrippa à lui, comme une bouée de sauvetage.

– Je... vous avais appelé, lui dit-elle. Je... vous avais... appelé dans... mon cœur... et soudain vous... vous étiez là!

– Il faut que ce soit mon instinct qui m'ait prévenu du danger que vous couriez, dit le duc. A mon retour de Londres, j'étais soucieux et je ne savais pourquoi. (Il sourit, puis ajouta :) ... Je pensais à vous en descendant du train et, à mon arrivée au château, j'eus l'impression que vous aviez besoin de moi.

– Je... c'est vrai, dit Bettina. J'avais désespérément besoin de vous.

– Il m'était difficile de pénétrer dans votre chambre, continua le duc, aussi j'ai pris la décision de contourner le château et de regarder votre fenêtre.

Je ne puis expliquer moi-même pourquoi j'ai été poussé à agir ainsi.

– Cela doit être... mon... mon ange gardien qui... qui vous a... guidé... jusqu'à moi, murmura Bettina.

– Juste au moment où j'allais me traiter d'idiot, reprit le duc, j'ai aperçu des traces fraîches de pas dans la neige, et je me suis demandé à qui elles pouvaient bien appartenir.

– Je... ne pouvais pas... crier mais je... je priais pour... que vous veniez.

– Je pense que je l'ai senti, lui répondit le duc, et quand j'ai reconnu Eustace, j'ai deviné qu'il se passait quelque chose de grave.

– Est-ce que vous aviez vu que... que c'était moi qu'il emportait? lui demanda Bettina.

– Pas tout de suite, dit le duc. Le paquet qu'il avait dans ses bras n'avait pas l'air d'un corps, et j'ai pensé tout de suite qu'il essayait d'emporter une des tapisseries du château, qui ont beaucoup de valeur et dont il parlait souvent pour que je les vende et distribue l'argent de la vente aux pauvres – à ses pauvres, naturellement! (Le duc s'arrêta. Puis il reprit :) Ce n'est qu'au moment où il a laissé tomber son fardeau pour me frapper que je me suis rendu compte de ce qui se passait.

Le souvenir de cet événement était encore si proche que la simple évocation du duc terrorisa Bettina; elle se pencha en avant pour cacher son visage dans l'épaule de son sauveteur, comme elle l'avait fait la première fois déjà.

– Je... je pensais qu'il allait m'enlever et... et que je ne vous reverrais plus jamais, murmura-t-elle d'une voix presque inaudible.

Il la prit dans ses bras et la tint serrée contre lui.

– Est-ce que cela vous aurait ennuyée? lui demanda-t-il. Je me suis souvent demandé si vous ne me préfériez pas Eustace. Il est plus proche de vous par l'âge.

– Je... je le déteste! s'écria Bettina. Il... il est répugnant, horrible... et je sais maintenant ce que c'est que... la méchanceté!

– On ne peut exactement qualifier de méchanceté le fait de vouloir s'approprier votre personne, précisa le duc.

– Et si... s'il recommençait? dit Bettina d'une toute petite voix.

Le duc la prit par les épaules et la poussa doucement sur les coussins. Il la contempla ainsi, avec ses yeux gris agrandis par la peur, et dit enfin :

– Si vous voulez, il existe un moyen de lui rendre cette entreprise impossible.

– Quel moyen?

– En nous mariant le plus vite possible.

Bettina en eut le souffle coupé et le duc reprit :

– Une fois que vous serez ma femme, Bettina, personne ne pourra plus vous insulter ni vous enlever.

– Je me sentirai plus... en sécurité.

– Est-ce tout l'effet que cela vous fera? s'enquit le duc. (Elle le regarda sans comprendre sa question, et il reprit après quelques instants de silence :) Je veux que vous me disiez pourquoi vous m'avez appelé lorsque Eustace vous a effrayée. Votre père est bien plus proche de vous, après tout.

Le silence se prolongea.

Alors que Bettina baissait les yeux avec timidité, le duc lui releva le menton et tourna son visage vers le sien.

– Regardez-moi, Bettina! lui enjoignit-il. Je veux connaître la réponse à ma question.

– Je... je savais que... vous... alliez me... sauver.

– Si j'avais été là, précisa le duc. Mais comment pouviez-vous deviner que j'allais entendre l'appel silencieux qui venait du plus profond de votre cœur?

La jeune fille avait du mal à détourner ses yeux de ceux du duc. Et soudain, comme forcée à dire la vérité, Bettina réussit à murmurer :

– Je savais que... que vous... alliez... m'entendre parce que... je... je vous... aime!

Les mots étaient à peine sortis de sa bouche que Bettina se dit que le duc n'avait peut-être pas envie de savoir qu'elle l'aimait, et elle s'empressa d'ajouter :

– Mais je... je ne serai... pas... encombrante comme ces... autres femmes. Je... je ne vous ennuierai pas avec des scènes... et pourtant je... je ne peux pas m'empêcher de vous aimer.

– Pas plus que je ne puis m'en empêcher moi-même! lui répondit le duc, et il l'embrassa doucement.

Bettina en ressentit un choc tellement extraordinaire que le souffle lui manqua pendant quelques instants.

Et, soudain, elle reconnut ce qu'elle cherchait depuis longtemps; voilà ce qu'elle avait désiré depuis la première minute où elle avait rencontré le duc.

Une bienheureuse sensation de chaleur l'envahit, balayant toute peur, toute hésitation et même toute jalousie envers les femmes que le duc avait aimées.

Cette sensation s'épanouit de façon merveilleuse, la transportant dans des sphères plus lumineuses encore où se mêlaient les étoiles qu'ils avaient regardées ensemble, le désert et ce baiser.

Il s'y mêlait encore les splendeurs du château, et son baiser faisait naître autant de fleurs et de musiques qui la baignaient tout entière comme un rayon de lune avec une intensité telle qu'elle se mit à trembler.

Lorsque le duc releva enfin la tête, les lueurs du feu éclairaient le visage radieux de Bettina et ses yeux brillaient comme des étoiles.

– Je... je vous aime! s'écria-t-elle. Je ne... savais pas que... que l'amour pouvait être... une chose... aussi merveilleuse, aussi parfaite.

– Moi non plus, dit le duc.

Elle le contempla un instant; puis elle lui demanda :

– Est-ce que vous... vous voulez dire que vous m'aimez un peu?

– Je vous aime comme jamais je n'ai encore aimé dans ma vie, lui répondit le duc. En fait, je ne savais pas que l'amour existait, jusqu'à cet instant.

– Est-ce... bien... vrai?

– Tellement vrai que j'ai du mal à y croire moi-même, dit le duc. Je puis même affirmer que je vous ai aimée dès le moment où je vous ai vue, mais je ne voulais pas l'admettre.

– Dès la... la première fois?

Elle se rappelait avec précision le matin où, de bonne heure, il était rentré dans le bureau, où elle se trouvait seule.

– Lorsque je vous ai vue, près du petit bureau, avec des orchidées parant votre décolleté, continua le duc, j'ai eu l'impression que vous étiez enveloppée de lumière.

– Est-ce que vous... vous voulez dire que cette lumière... avait quelque chose de... de spécial? lui demanda Bettina.

– Dans ce cas, la lumière était un présage d'amour, précisa le duc, cet amour que je n'avais jamais connu, ma chérie.

– Je... je puis à peine le croire! Vous êtes... tellement merveilleux... tellement magnifique que... que je ne puis m'empêcher de... de vous aimer mais... mais pourquoi est-ce que vous, vous m'aimeriez?

Le duc sourit.

– Peut-être parce que vous êtes différente de toutes les autres femmes que j'ai connues.

Tout en parlant, il avait posé sa main sur les cheveux de la jeune fille, qui tombaient sur ses épaules.

– Je n'ai pas connu beaucoup de femmes bonnes, ajouta-t-il, et vous, ma chérie, vous êtes très bonne, très pure et très innocente.

– Je veux être bonne pour vous! dit Bettina. J'ai fait des prières pour l'être, mais je n'aurais jamais pensé que vous m'aimeriez... et papa me disait que vous n'aviez jamais réellement aimé qui que ce soit.

– Votre père avait raison, dit le duc. Je pensais

que l'amour était une illusion, quelque chose de larmoyant que les femmes appellent romance. Mais c'est en vous voyant, ma chérie, que j'ai compris que c'était la vie même – cette vie que je n'avais jamais connue et qui m'avait toujours manqué.

– Est-ce que je vous... fais vraiment... éprouver cela? lui demanda Bettina.

– J'ai éprouvé cela, comme vous dites, dès que j'ai fait votre connaissance, lui répondit le duc. Et lorsque nous regardâmes les étoiles ensemble, il me fut très difficile de résister à l'envie de vous prendre dans mes bras, de vous embrasser, et de vous dire combien vous m'étiez déjà précieuse.

– Mais pour... pourquoi est-ce que... vous ne l'avez pas fait?

– Ce n'était pas le moment et je fréquentais des gens que vous n'auriez jamais dû connaître.

Bettina devina qu'il faisait allusion à lady Daisy et lady Tatham.

– C'est bien ce que dit lord Eustace.

Le duc poussa un soupir.

– Eustace avait raison et vous ne saurez jamais combien je l'ai jalousé.

– Jalousé? s'écria Bettina.

– Je savais que votre père désirait que vous l'épousiez. Il m'en avait déjà fait part, et j'avais pensé tout d'abord que ce serait une excellente chose. Du monstre qu'il était, Eustace se serait peut-être humanisé et puis...

Le duc s'interrompit.

– Dites-moi, lui murmura Bettina.

– J'ai voulu vous garder pour moi. (Il soupira à nouveau.) Je me dis alors que j'étais bien trop âgé pour vous, et que vous ne réussiriez jamais à vous adapter à mon genre d'existence.

– C'est bien ce que... ce que je crains, confessa Bettina.

– Mais je n'avais pas encore compris que ce que j'appelais « mon genre d'existence » était fini – et bien fini! ajouta le duc. Depuis quelques années, je trouvais cette succession ininterrompue de réceptions et aussi, ma chérie, de femmes, de plus en plus ennuyeuse.

Il s'aperçut que les yeux de Bettina étaient soudain remplis de tristesse, et il se pencha pour l'embrasser à nouveau d'abord avec douceur; sentant la soumission de Bettina, il se fit plus insistant, plus exigeant.

Lorsqu'il releva la tête, il lui dit :

– Il y a tellement de choses que nous pourrons faire ensemble, ma chérie – des choses que je n'ai jamais faites auparavant. Nous allons vivre une nouvelle aventure, tous les deux.

– Je... je crois que je suis en train de rêver, dit Bettina. C'était exactement ce que j'attendais de vous mais... mais je n'étais pas... sûre de l'entendre un jour.

– Nous avons tant à découvrir ensemble l'un de l'autre, dit le duc, et nous commencerons par faire le tour du monde, pour visiter de nouveaux pays et nous faire de nouveaux amis.

Bettina n'avait pas besoin de lui répondre.

Il contemplait son visage radieux tandis qu'elle murmurait dans un souffle :

– Sup... supposons que je vous ennuie?

– Si tel est le cas, dit le duc, et si je vous ennuie,

c'est que nous ne sommes pas vraiment amoureux l'un de l'autre. Mais j'ai le sentiment, ma très adorable, que nous sommes très amoureux l'un de l'autre; nos cœurs le savaient déjà lorsque nous regardions ensemble le ciel étoilé.

– Je me suis rendu compte que... que je vous aimais... au moment où vous m'avez empêchée de glisser par-dessus bord.

– Je ne supporte pas l'idée que cela aurait pu arriver! s'exclama le duc.

Il se pencha pour lui embrasser les yeux, puis ses lèvres effleurèrent le satin de ses joues et le creux de son cou.

– Je vous aime, Dieu que je vous aime! s'écria-t-il. Mais il faut que je vous laisse dormir, mon amour, car vous avez été mise à rude épreuve.

– Je ne veux pas que vous me... quittiez.

Elle était trop innocente pour mesurer le sens de ses paroles, le duc lui répondit avec beaucoup de tendresse :

– Bientôt, je ne vous quitterai plus. Nous resterons ensemble jour et nuit, ma précieuse, afin que je vous protège et vous tienne en sécurité dans mes bras. (Il l'embrassa à nouveau, puis ajouta :) Je vais laisser la porte de communication entre nos deux chambres entrouverte au cas où vous ne seriez pas rassurée. Si vous appelez, je vous entendrai.

– Est-ce que vous voulez bien vérifier... si les fenêtres sont... fermées?

– La façade a dix mètres de haut sous ces fenêtres, lui répondit le duc. Je vous assure que personne ne peut y grimper, à moins de se transformer en araignée.

Il fut heureux d'entendre le rire de Bettina.

Il traversa la pièce pour vérifier la fermeture de toutes les fenêtres. Puis il revint vers le lit et ajouta :

– Demain, nous parlerons de notre prochain mariage.

Bettina laissa échapper une exclamation.

– Puis-je... vous demander quelque chose?

– Quoi donc? s'enquit-il.

– Vous... ne vous mettrez... pas... en colère?

– Je vous promets de ne jamais l'être avec vous.

– Dans ce cas... s'il vous plaît... est-ce que nous pourrions nous marier... tout à fait... dans l'intimité?

Le duc ne répondit pas et Bettina reprit quelques instants plus tard :

– Je... ne supporterais pas de voir... que vos amis me... détestent parce que... je suis votre femme... et aussi...

– Continuez!

– ... Je ne veux pas... me souvenir... de vous... le jour de mon mariage... comme d'un duc. Je veux tout simplement que vous... soyez un... homme. Un homme que j'aime... et que Dieu m'a donné pour... mari.

Le duc gardait toujours le silence et Bettina ajouta rapidement, effrayée par ce qu'elle avait demandé :

– Mais... de toute façon... nous... nous ferons comme vous voudrez, si vous avez envie de faire les choses différemment.

Le duc lui prit la main et la porta à ses lèvres.

– Mon adorable, je n'ai pas répondu tout de suite

parce que j'étais en train de me dire que j'étais le plus heureux des mortels de vous avoir trouvée! C'est exactement la manière dont je voudrais que ma femme me voie : comme un homme. Et en tant que tel, ma chérie, je puis vous dire que je vous aime de tout mon cœur.

– Oh, Varien!

Bettina leva les bras et les mit autour de son cou.

Et après un long baiser, elle sut que Dieu avait exaucé ses prières.

7

Bettina se réveilla et se demanda où elle pouvait bien se trouver. Puis elle reconnut le bruit de la mer qui battait aux hublots tandis que le roulis la berçait.

La tempête qui s'était levée la veille avait été si forte que le duc avait insisté pour que la jeune femme restât au lit, mais il lui semblait qu'à présent le tumulte avait diminué d'intensité.

Des pensées confuses traversaient paresseusement son esprit.

Elle sentit quelque chose reposer en travers de son corps, et pensa que c'était le bras de son mari.

Sans ouvrir les yeux, elle étendit la main et rencontra quelque chose de doux et de laineux, qui semblait avoir des bosses.

Une voix s'éleva à côté d'elle :

– Joyeux Noël, ma chérie!

Elle se sentit transportée par le ravissement quand, ouvrant les yeux, elle rencontra ceux du duc, et qu'il effleura ses lèvres.

– Joyeux Noël!... Oh, Varien, je voulais être la première à vous le souhaiter!

– Vous dormiez si bien, et vous étiez si belle.

Sa main reposait encore sur l'objet qui était en travers de son lit, et elle poussa un petit cri d'excitation.

– Un bas de laine! Vous m'avez offert un bas de laine pour Noël! (Elle s'assit dans son lit, aussi excitée qu'une enfant.) Je n'en n'avais plus reçu depuis l'âge de douze ans, fit-elle remarquer, et cela m'avait tellement déçue que papa et maman me trouvent désormais trop âgée pour en avoir un.

– Et moi je pense que vous êtes encore assez jeune pour qu'on vous en offre, lui répondit le duc.

Avec ses cheveux blonds qui lui tombaient sur les épaules, Bettina avait en effet l'air très jeune, et elle avait une façon adorable de contempler le bas posé sur le lit.

Elle reconnut un des bas que le duc portait quand il allait chasser, et il débordait d'une douzaine de surprises enveloppées de rouge et d'or.

Tandis qu'elle sortait les surprises du bas de laine, le duc la regardait faire avec des yeux tendres que personne ne lui avait jamais vus.

– On les ouvrira dans un moment, dit-elle, mais d'abord, je veux voir ce qu'il y a à l'intérieur.

Tout en parlant, elle extirpa ce qui semblait être

une boîte ouvragée mais, quand elle eut réussi à l'ouvrir, une musique s'en échappa.

– J'ai toujours eu envie d'une boîte à musique! s'exclama-t-elle; elle a l'air très ancienne.

– En effet, dit le duc, elle est française et date du XVIIIe siècle; je savais que cela vous ferait plaisir.

– Comment le saviez-vous?

– J'avais noté au passage toutes les choses qui vous avaient particulièrement plu lorsque nous avions visité le château ensemble.

Elle lui adressa un sourire de bonheur sans mélange, tout en se disant que jamais personne n'avait fait autant attention à elle ni n'avait compris ses sentiments aussi profondément.

– C'est un véritable enchantement, dit-elle en soupirant. Mais je croyais que nous devions mettre tous les présents sous l'arbre de Noël au salon?

– Ceux-là sont des présents secrets, lui répondit le duc.

– Comme c'est excitant! s'écria-t-elle. Pourquoi n'ai-je donc pas pensé, moi aussi, à vous faire des cadeaux secrets?

– Vous m'en avez déjà donné un cette nuit, dit le duc avec douceur, ce qui fit rougir sa femme.

La petite musique égrena les dernières notes argentines de la mélodie et Bettina reposa la boîte sur le lit, puis replongea sa main dans le bas de laine.

Elle en sortit un singe monté sur un bâton. C'était un jouet d'enfant avec lequel elle se souvenait avoir joué quand elle était très jeune.

– Où avez-vous bien pu trouver cela? lui demanda-t-elle.

– A dire vrai, il y avait un marchand ambulant à la porte de mon club, et je lui en ai acheté un, dit le duc en souriant.

– Je l'adore! dit Bettina en tirant sur la ficelle pour faire grimper le singe le long du bâton.

Elle le reposa et reprit son exploration du bas de laine.

Cette fois-ci, elle en retira une pomme, une orange, une petite boîte contenant des fruits confits des plus coûteux, et enfin une petite boîte de l'époque georgienne, qui servait aux dames qui portaient des mouches, ces minuscules points d'étoffe noire qu'elles se mettaient sur le visage pour faire ressortir la blancheur de leur teint.

– Elle est tellement jolie que je vais la garder sur ma coiffeuse, s'écria-t-elle.

La boîte suivante était recouverte de velours et provenait assurément d'un bijoutier.

Avant qu'elle ne l'ait ouverte, le duc posa ses mains sur les siennes et dit :

– Devinez ce qu'il y a à l'intérieur.

– Je n'en ai aucune idée.

– Alors ouvrez et jugez si c'est bien ce que vous désiriez.

Bettina ouvrit la boîte. A l'intérieur reposait un bracelet d'or serti de lettres en pierres précieuses.

Elle déchiffra l'ensemble :

« I LOVE BETTINA » (« J'aime Bettina »)

La jeune femme poussa un cri de joie.

– Comment avez-vous fait pour trouver quelque chose d'aussi original?

– Vous le porterez sur le bateau où les diamants des Alveston seront trop solennels.

– Je vais le porter tous les jours... s'il vous plaît, cher Varien, mettez-le-moi!

Il lui embrassa le poignet avant de lui attacher le bracelet qu'elle tint dans la lumière du hublot, afin de voir briller les pierres précieuses.

Elle crut un instant avoir vidé le bas de laine de son contenu, mais il restait encore quelque chose au fond, et quelle ne fut pas sa surprise d'en sortir un petit écrin de joaillier en cuir noir; elle le regardait avec le sentiment de l'avoir déjà vu quelque part.

Lorsqu'elle l'ouvrit, elle ne put contenir sa joie : à l'intérieur se trouvait le petit diamant étoilé que sa mère lui avait laissé et que son père avait été obligé de vendre.

– Comment avez-vous fait pour le retrouver? Comment avez-vous pu deviner que c'était la chose que je désirais le plus au monde? Oh, mon Varien si habile, comme je suis heureuse de l'avoir!

– Votre père m'avait dit qu'il avait été obligé de le vendre avant d'entreprendre ce voyage en Egypte, afin que vous puissiez regarnir votre garde-robe, expliqua le duc. Je suis retourné à la boutique et, heureusement, ils ne l'avaient pas encore vendu.

Bettina le regarda avec des yeux pleins de larmes, car cette pierre lui rappelait sa mère.

Puis elle se renfonça dans les oreillers et approcha son visage de celui du duc.

– Merci... merci infiniment pour tous ces cadeaux merveilleux, lui dit-elle, mais vous m'en avez donné tellement. Je ne devrais plus rien accepter de vous... maintenant.

– Ce sont les gages de mon amour, lui répondit-il,

et j'ai bien l'intention de vous donner davantage, ma ravissante femme.

Depuis leur mariage, Bettina avait l'impression qu'il ne pouvait exprimer son amour pour elle qu'en la couvrant de cadeaux.

Pendant la cérémonie de mariage, qui s'était déroulée très discrètement dans la chapelle du château avec sir Charles comme seul témoin, elle avait prié avec ferveur, tandis qu'ils étaient agenouillés devant l'autel.

Elle avait demandé à Dieu de lui accorder la grâce de faire tomber toutes les barrières que le duc avait mises entre le monde et son cœur, et elle avait aussi prié pour qu'il l'aime autant qu'elle l'aimait.

Elle avait pensé tout d'abord qu'il était impossible de l'aimer davantage, mais son amour s'était fortifié et amplifié au long des jours, à chaque heure, à chaque minute qu'ils passaient ensemble.

Elle avait l'impression de marcher dans un rêve de gloire, si lumineux qu'il en paraissait irréel, et pourtant elle le sentait en même temps vivant, avec une intensité spirituelle inconnue d'elle auparavant.

Elle n'avait qu'à regarder le duc pour sentir l'harmonie qui les liait.

Lorsqu'il la touchait, des ondes de bonheur la parcouraient tout entière et faisaient naître en elle des sensations jusque-là inconnues de son corps.

Et tandis qu'elle descendait les escaliers du château, portant le voile de dentelle et la tiare que la famille des Alveston s'était transmis de génération en génération, elle avait compris que le conte de fées dont parlait son père était devenu une réalité.

Le duc lui avait dit qu'elle était la princesse qu'il avait cherchée pendant toute sa vie, et elle le croyait.

En même temps, elle savait que la distance qu'il avait gardée envers la vie, ou que les événements l'avaient forcé à prendre, ne pouvait disparaître sur un simple coup de baguette magique.

Seul le miracle de leur amour pourrait la détruire peu à peu, et il n'appartenait qu'à elle de retrouver le chemin de ce cœur qu'il avait réussi à cacher soigneusement pendant tout ce temps.

Quelques jours auparavant, elle avait eu peur.

Mais à présent qu'elle connaissait le désir que le duc lui avait montré en l'embrassant, elle savait que ce désir n'était pas seulement physique, mais aussi à un niveau spirituel et sacré.

Elle faisait honnêtement face à la tâche qui l'attendait.

Cependant, lorsqu'il avait glissé à son doigt l'anneau nuptial en répétant de sa voix grave le serment de mariage pendant la cérémonie religieuse, elle avait senti qu'ils ne faisaient véritablement qu'une seule et même personne.

« Notre amour vient de Dieu, pensa-t-elle, et il durera, quelles que soient les difficultés rencontrées sur notre chemin. »

Le duc s'était arrangé pour trouver le lieu où devait se dérouler leur mariage, et c'est lui qui avait également décidé de la manière dont ils passeraient leur lune de miel, et tout ceci avec une rapidité qui laissèrent Bettina et même sir Charles confondus.

– Vous n'avez tout de même pas l'intention de vous rendre à l'étranger aussi vite! avait-il protesté dans son étonnement.

– Bettina a envie de voir l'achèvement du canal de Suez, avait répondu le duc, et d'atteindre la Mer Rouge. (Ses yeux brillaient tandis qu'il parlait et il s'était tourné vers Bettina pour lui demander :) N'est-ce pas, ma chérie?

– Est-ce que nous allons réellement y retourner? s'enquit-elle, et elle se souvint brusquement qu'au retour de la réception du khédive à Ismaïlia, elle avait eu l'impression qu'elle ne reviendrait jamais plus dans cet endroit.

– Nous allons partir pour un long voyage de noces, avait dit le duc, et lorsque nous serons de retour, personne ne s'intéressera plus à nous parce que nous serons déjà un couple de vieux mariés.

Elle avait deviné pourquoi il tenait tant à s'enfuir. Mais, en même temps, cela lui semblait le plus merveilleux des projets.

– Je crois que vous avez raison, avait commenté sir Charles calmement.

– Je savais que vous me comprendriez, Charles, avait répondu le duc en regardant son futur beau-père dans les yeux.

Les deux hommes avaient pensé à Bettina.

Au moins ne serait-elle pas en Angleterre pour entendre tous les commentaires envieux que les anciennes amours du duc n'auraient pas manqué de faire à l'annonce de leur mariage.

Cela lui permettrait également de se faire à l'idée d'être duchesse, avec tout ce que comportait sa position sociale en responsabilités inévitables, alors qu'ils seraient en train de voguer sous le soleil vers de nouveaux horizons.

– Tout ce que vous avez à faire, lui avait dit le duc, c'est refaire vos bagages. (Puis il avait ajouté à l'intention de sir Charles :) Je n'aime pas l'idée de vous savoir seul pour Noël, Charles, et c'est pourquoi je suggère que vous restiez au château et que vous y invitiez quelques amis pour vous tenir compagnie. Vous pourrez faire des promenades à cheval, et je laisse mes caves à votre disposition.

– Est-ce que vous êtes sérieux, Varien? lui avait demandé sir Charles.

Bettina avait glissé sa main dans celle de son père.

– Vous devez accepter, papa, afin que nous n'ayons pas trop de remords de vous laisser ici pour Noël pendant notre absence. Lorsque j'étais enfant, cette période était toujours un moment très spécial pour nous tous.

En conséquence, sir Charles avait accepté la proposition du duc avec un plaisir non déguisé; le lendemain de leur mariage, alors que le duc et Bettina s'en allaient par la campagne neigeuse, la jeune femme avait dit :

– Vous vous êtes montré si gentil envers papa. Je ne crois pas qu'il ait été possible de lui faire plus plaisir qu'en le laissant jouer son rôle d'hôte au château.

– Cela permettra aux chevaux de prendre de l'exercice, répondit le duc, et elle sentit qu'il était un peu embarrassé par sa propre générosité.

La veille de leur mariage, Bettina avait profité

d'un moment de solitude avec lui pour lui demander :

– Que... qu'est-il arrivé à... à Lord Eustace?

– Vous n'avez plus besoin de vous préoccuper de lui, pour quelques années au moins.

– Que voulez-vous dire par là?

– Je l'ai envoyé s'occuper de terres que nous possédons en Afrique Occidentale. Il y trouvera probablement l'occasion d'appliquer un grand nombre de ses réformes, et il y a certainement tellement d'injustices là-bas que lord Eustace se sentira dans son élément.

– Etait-il d'accord... pour... partir?

– Il n'avait pas tellement le choix, répondit le duc.

Sa voix avait pris un ton ennuyé, et Bettina lui dit d'un air accusateur :

– Vous... vous l'avez forcé à partir?

– Exactement – je ne voulais pas que vous vous fassiez du souci à cause de sa présence en Angleterre.

Bettina allait dire qu'elle n'en n'avait plus tellement peur, mais le duc la fit taire avec un baiser.

Le ravissement qui l'avait saisie rendait impossible toute pensée à propos de lord Eustace ou d'autre chose qui ne fût pas le duc ou son amour pour lui.

Avant qu'ils ne fussent mariés, elle sentait qu'il y avait tellement de choses qu'elle aurait voulu savoir sur lui qu'elle en avait été effrayée.

Cependant, lorsqu'ils eurent mis le pied sur le *Jupiter,* son mari ne lui avait plus semblé aussi intimidant que dans le décor du château.

Le bateau même semblait respirer la joie, maintenant qu'aucune querelle ne venait plus gâcher l'atmosphère du lieu, et que lord Eustace ne la fixait plus de ses yeux noirs de colère.

Grâce à l'amour qu'elle lui portait, elle sentait que les barrières que le duc avait érigées autour de son cœur étaient en train de s'effriter peu à peu.

Le ton sec qu'il prenait parfois avait complètement disparu, ainsi que le regard dur ou le pli cynique de sa bouche.

Ses yeux et ses lèvres, au contraire, ne parlaient plus que de l'amour qu'il lui portait, et quand elle surprenait parfois une expression de tendresse sur son visage, son cœur bondissait dans sa poitrine.

Elle ne savait pas que, pour le duc, elle personnifiait la fleur à laquelle il l'avait identifiée.

Il avait suffisamment d'expérience pour comprendre que la jeunesse et l'innocence de sa femme lui donnaient le devoir de lui enseigner bien des choses, mais avec douceur, afin de ne pas la choquer ni l'effrayer.

Bettina n'avait aucune idée du contrôle qu'il exerçait sur lui-même, à un point tel qu'il la courtisait comme jamais il n'avait courtisé une femme.

Grâce à sa gentillesse et à sa compréhension, et grâce à l'extase qu'il faisait naître en elle et qui mettait leurs jeux amoureux sur un plan divin, elle s'épanouissait comme une fleur au soleil.

Chaque jour avait fait progresser en elle l'éveil de ses sens, jusqu'à la nuit dernière où il avait enfin réussi à provoquer en elle cette flamme qu'il désirait tant, et qui s'accordait au feu qui grondait en lui.

Tout avait été si parfait que ses sens en avaient été excités à un degré inconnu, malgré les nombreuses aventures amoureuses qu'il avait eues dans sa vie.

Il comprit qu'il avait atteint ce que tant d'hommes recherchent et que si peu réussissent à trouver.

– Je vous aime! Oh, Varien, je vous aime, disait à présent Bettina.

Il lui embrassa les yeux, puis la bouche, et l'attira à lui. Son corps merveilleusement doux contrastait avec la dureté athlétique du sien.

– J'ai du mal à m'imaginer que c'est Noël aujourd'hui, dit-elle, et que nous sommes seuls, au lieu d'être au milieu d'une réception gigantesque... et plutôt terrifiante au château.

– C'est une chose que je n'ai jamais eu l'intention de faire, lui répondit le duc.

Il savait qu'elle pensait à lady Daisy qui s'était tout simplement invitée.

– C'est tellement excitant de passer Noël avec vous seul, dit Bettina.

– Il y aura sûrement d'autres Noëls où vous aurez envie d'une réception, dit le duc en souriant.

– Cela dépend... de qui nous inviterons.

– Nous choisirons nos invités ensemble, comme tout ce que nous ferons, lui répondit le duc et, au cas où vous seriez déçue, je suis sûr que le chef vous confectionnera un plum-pudding ainsi que d'autres victuailles traditionnelles tout aussi indigestes.

– Il y aura aussi une branche de gui, j'espère?

– Je puis bien vous embrasser sans gui, répondit le duc.

Il termina ces mots en cherchant ses lèvres et ressentit le frisson qui venait de la parcourir.

Le rose lui vint aux joues, elle baissa les yeux avec timidité, et enfouit son visage dans le cou de son mari.

– Hier soir... c'était tellement merveilleux! lui murmura-t-elle. J'avais l'impression que vous me transportiez jusqu'aux étoiles... ces mêmes étoiles que nous allons revoir en arrivant à Suez.

– Nous les regarderons comme la première nuit, répondit le duc, et vous me direz à nouveau ce privilège de vous sentir en vie.

– Et le privilège d'être votre femme, ajouta Bettina avec une note de passion dans la voix, un très très grand privilège... parce que vous... vous m'aimez... un peu.

– Est-ce que vous pensez que ce n'est qu'un peu? s'enquit le duc.

– Je vous aime de tout mon être, et peut-être qu'un jour il en sera de même pour vous.

– Je ne prétends pas vous aimer autant qu'une autre personne, répondit le duc, pour la simple raison que tous les jours je pénètre dans des profondeurs que mon amour ignorait auparavant.

Il leva la tête pour la contempler.

Et aussi pour regarder la rougeur diffuse qui avait envahi ses joues, guetter les premiers signes du désir dans ses yeux, écouter son souffle s'accélérer entre ses lèvres entrouvertes tandis que sa poitrine s'abaissait et se relevait sous la fine chemise de nuit en soie.

– Qu'est-ce que vous pouvez bien avoir qui vous rende si différente des autres? demanda-t-il. (Il repoussa une mèche de ses cheveux loin de son front et dit :) Vous êtes très belle, vos traits sont parfaits, mais il y a tellement plus que cela. Peut-être est-ce la pureté de votre âme qui transparaît dans vos yeux, ma toute précieuse, et que c'est elle qui parle à mon âme; j'avais oublié que j'en avais une avant de vous rencontrer.

Les yeux de Bettina s'agrandirent.

Jamais auparavant il n'avait parlé avec autant de sérieux; elle mit ses bras autour de son cou pour retrouver le contact de ses lèvres.

– Nous nous appartenons l'un à l'autre, lui dit-elle, et je suis sûre qu'à présent nous ne formons plus qu'une seule et même personne dont vous êtes la partie la plus importante, mon cher mari... et je suis tellement heureuse d'avoir le privilège d'être... une petite parcelle de vous.

– C'est cette parcelle-là qui est importante, répondit le duc, parce que je sais que c'est vous qui avez trouvé pour nous deux le secret du bonheur.

– Est-ce... l'amour? lui demanda Bettina.

– Bien sûr, répondit-il, c'est cet amour que je désespérais de jamais trouver un jour, et qui bien sûr n'existait pas là où je le cherchais.

Elle savait qu'il faisait allusion à la gaieté superficielle qui régnait parmi ceux qui se retrouvaient à Malborough House, ou chez lui, à Londres.

Puis il dit presque pour lui-même :

– Il nous faut tout de même assumer nos responsabilités, ma belle femme, envers la société dans laquelle nous sommes nés et « le train de vie qu'il a plu à Dieu de nous accorder ».

Elle comprenait ce qu'il voulait dire et elle ajouta à voix basse :

– Il faut que vous m'aidiez à ne pas faire de

fautes. Je me rends compte... à quel point je suis ignorante mais, si vous êtes à mes côtés, je ferai toujours ce que vous me direz.

– Vous êtes très jeune, dit le duc, mais il y a tellement de sagesse dans cette petite tête qui est la vôtre. (Il embrassa son front et ajouta :) Nous ne devons pas essayer de prévoir ce qui appartient au futur; réjouissez-vous parce que c'est Noël et que nous sommes ensemble, et que nous faisons un merveilleux voyage de noces.

– C'est tout ce que je désire... Je... j'ai autre chose à vous dire.

– Eh bien? dit le duc.

Elle reposa sa tête sur l'épaule du duc et dit d'une toute petite voix :

– Hier soir, je pensais, juste avant de m'endormir, combien... vous étiez merveilleux... Vous m'avez rendue indiciblement heureuse.

Il l'étreignit, déposa des baisers sur ses cheveux, tandis qu'elle poursuivait :

– Je pensais aussi à toutes les choses que vous m'aviez données – ce magnifique anneau de fiançailles, le manteau de fourrure pour le voyage, les robes que nous sommes allés chercher à Nice, et le petit diamant étoilé de maman à présent. Oh, Varien, il y en a tellement, tellement!

– Et je veux vous en donner encore bien plus, dit-il. Je vous aime tellement, ma chérie, que j'aimerais décrocher les étoiles du ciel pour les mettre autour de votre cou.

– C'est ce que vous avez fait, murmura Bettina, mais vous les avez mises dans mon cœur.

– Elles brillent aussi dans le mien.

– Je n'ai pas encore terminé ce que j'avais à vous dire.

– Je vous écoute.

– Je me disais que je n'avais rien à vous donner en retour.

Le duc voulut protester, mais elle posa deux doigts sur ses lèvres, et il les embrassa sans un mot.

– Cela fait longtemps que je cherche à vous donner un gage de mon amour : quelque chose qui ne s'achète pas parce que je n'ai pas d'argent, mais qui vous ferait comprendre à quel point je vous aime, et combien... je vous... suis... reconnaissante.

Un court silence s'établit et Bettina, se rapprochant davantage du duc et le tenant serré contre elle, continua :

– Et puis une voix m'a révélé tout à coup ce que devait être le gage de mon amour.

– Dites-le-moi, dit tendrement le duc.

– Je vais essayer de vous donner... des tas et des tas de fils, qui... vous ressembleront tous.

– Et je veux des tas de filles comme vous, ma très précieuse.

Sa voix trahissait une émotion profonde, tandis que des étoiles dansaient dans ses yeux.

– Si nous avons des enfants, ajouta-t-elle, ils rempliront le château et celui-ci en paraîtra moins... effrayant pour moi.

– Vous n'avez pas besoin d'avoir peur quand je suis avec vous, lui répondit le duc.

– Et si... si vous ne l'êtes pas?

Il savait combien de drames se profilaient derrière cette simple question, et il se pencha jusqu'à ses lèvres.

– Où je serai, vous serez, répondit-il. Vous m'appartenez, Bettina, et je ne pourrai vivre sans vous. Votre corps est mien comme le mien est vôtre, et il en est de même en ce qui concerne nos esprits, nos pensées et nos rêves. Ma vie est inséparablement liée à la vôtre, et nous sommes unis pour l'éternité.

Ces paroles étaient exactement celles qu'elle attendait, et ses derniers doutes s'envolèrent.

Alors, en offrant ses lèvres tendres, elle comprit que la dernière barrière que le duc avait dressée en lui-même était tombée.

J'ai Lu l'histoire

Dos vert bronze

CARS Guy des

Les reines de cœur (1783***)
Le destin de quatre reines exceptionnelles de Roumanie.

CARS Jean des

Haussmann, la gloire du Second Empire (1055****)
La prodigieuse aventure de l'homme qui a transformé Paris.

Louis II de Bavière (1633***)
Une biographie passionnante de ce prince fou, génial et pervers.

Elisabeth d'Autriche ou la Fatalité (1692****)
Le destin extraordinaire de Sissi.

CASTELOT André

Les battements de cœur de l'histoire (1620****)
La politique et l'histoire confrontées au cœur et à l'amour.

CASTILLO Michel del

Les Louves de l'Escurial (1725****)
A la cour d'Espagne, horreur, fanatisme mais aussi tendresse.

CASTRIES duc de

La Pompadour (1651****)
Les vingt ans de règne d'une femme d'exception.

CHARDIGNY Louis

Les maréchaux de Napoléon (1621****)
Des hommes hors du commun à une époque exceptionnelle.

DECAUX Alain

Les grands mystères du passé (1724****)
Les énigmes historiques les plus célèbres.

DÉON Michel

Louis XIV par lui-même (1693***)
Un grand roi raconté par lui-même.

EXMELIN A.O.

Histoire des Frères de la côte (1695****)
En 1668, Exmelin devient le médecin des flibustiers des Antilles.

JACOB Yves

Mandrin, le voleur d'impôts (1694***)
L'histoire vraie d'un personnage célèbre.

KENDALL Paul Murray

Mon frère Chilpéric (1786****)
Le récit passionnant d'une des périodes les plus sombres de l'histoire de l'Europe.

MERMAZ Louis

Madame de Maintenon (1785**)
Le destin hors du commun de la veuve Scarron qui devint l'épouse de Louis XIV.

MORAND Paul

La dame blanche des Habsbourg (1619***)
Tous les drames de la cour d'Autriche, toutes les amours.

MOYNE Christiane

Louise de La Vallière (1726***)
Le jeune Louis XIV et sa touchante maîtresse.

STEINBECK John

Le roi Arthur et ses preux chevaliers (1784****)
Steinbeck fait revivre l'épopée des Chevaliers de la Table Ronde.

TROYAT Henri

Catherine la Grande (1618*****)
Petite princesse allemande, elle a voulu incarner la Russie.

Pierre le Grand (1723****)
Génial, fou, bouffon, fascinant, tel fut ce tsar.

Nouveautés J'ai Lu l'histoire

Guy des Cars
Les reines de cœur (1783***)
John Steinbeck
Le Roi Arthur et ses preux chevaliers (1784****)
Louis Mermaz
Madame de Maintenon (1785**)
Paul Murray Kendall
Mon frère Chilpéric (1786****)

Achevé d'imprimer sur les presses de l'imprimerie Brodard et Taupin
58, rue Jean Bleuzen, Vanves. Usine de La Flèche,
le 11 mars 1985
1913-5 Dépôt légal mars 1985. ISBN : 2 - 277 - 21072 - 2
1er dépôt légal dans la collection : mai 1980
Imprimé en France

1072
★★

Editions J'ai Lu
27, rue Cassette, 75006 Paris
diffusion France et étranger : Flammarion